中国历代通俗演义故事·农闲读本

水浒传

原著　施耐庵

编著　李满金　刘雪梅

插图　姚博峰

吉林出版集团股份有限公司

图书在版编目（CIP）数据

水浒传／李满金，刘雪梅改编.—长春：吉林出版集团
股份有限公司，2008.11（2023.8 重印）
（中国历代通俗演义故事：农闲读本）
ISBN 978-7-80762-930-6

Ⅰ.水… Ⅱ.①李…②刘… Ⅲ.章回小说—中国—明代
—缩写本 Ⅳ.I242.4

中国版本图书馆 CIP 数据核字（2008）第 165852 号

SHUIHU ZHUAN

书　名　水浒传
出版策划　崔文辉
责任编辑　赵晓星
出　　版　吉林出版集团股份有限公司
　　　　　（长春市福址大路 5788 号，邮政编码：130118）
发　　行　吉林出版集团译文图书经营有限公司
　　　　　（http://shop34896900.taobao.com）
制　　作　猫头鹰工作室
电　　话　总编办 0431-81629909　营销部 0431-81629880
印　　刷　三河市金兆印刷装订有限公司
开　　本　889×1194 毫米　1/32
印　　张　6.5
字　　数　103 千字
版　　次　2008 年 11 月第 1 版
印　　次　2023 年 8 月第 2 次印刷
标准书号　ISBN 978-7-80762-930-6
定　　价　38.00 元
　　　　　（如有印装质量问题请与出版社调换。联系电话:18533602666）

❧ 前　言 ❧

《水浒传》在我国古典长篇小说中成就很高，它描写了北宋末年梁山农民起义发生、发展和失败的全部过程，流传有多种版本，分别为七十回本、一百回本及一百二十回本。本文采用人民文学出版社一百二十回版，通过对《水浒传》的仔细研读，节选其中的经典人物及故事，着重写了三十一回。

本书从高俅的发迹写起，高俅原是个吃喝嫖赌、坑蒙拐骗无所不干的流氓，由于作恶多端，被赶出东京城。可就是这样一个地痞流氓，因为踢得一脚好球，被徽宗皇帝看重，封为殿帅府太尉，执掌朝廷的军政大权。他是皇帝面前的大红人，又勾结蔡京、童贯一手遮天，无恶不作。从此便直接或间接地引出了梁山好汉的故事。

在《水浒传》里，有许多个性鲜明的典型形象，如鲁智深、李逵、武松、林冲、吴用等等，都给人们留下深刻的印象。一提到李逵，人们马上会想到他腰上插着的两把板斧，他就是要用那两把板斧杀尽"鸟官府"，夺了大宋皇帝的"鸟位"。他鲁莽却不失可爱，当听刘老汉说自己女儿被"宋江"劫走，他不顾交情站在正义这一边，直奔忠义堂带走宋江叫他和刘老汉对质，刘老汉说"不是这个宋江"时，他耷拉着脸说"刘老汉，你可是要了我这颗黑头"；他反对招安最坚决，当听到宋江又提到招安时,他大叫"招安,招安,招什么鸟安!"一脚把桌子踢翻。

豹子头林冲,英勇善战,武艺高强,是东京八十万禁军枪棒教头,无论身份地位、还是物质生活条件都算得上中产阶级,他还有一个温柔贤惠的妻子,美满的婚姻生活。这样好的条件决定了他性格的两面性:为了保持平静的小康生活,他只想息事宁人,对高衙内调戏自己的妻子一忍再忍;然而他武艺高强、为人正直,因此又不堪忍受侮辱终于爆发。林冲性格的发展向我们展示了他被逼上梁山的全过程。《水浒传》里的典型形象非常多,这里就不一一列举。

《水浒传》不但人物刻画得活灵活现,故事情节也曲折生动扣人心弦,本书所节选的三十一回,每一回都有一个经典的故事。本书在结构上力求每一回合既能独立成篇,又能上下关联,形成一个浑然整体,语言力求通俗易懂。当然出于篇幅的原因及本人能力有限,仍然存在许多问题,请读者见谅。

编　者

目录

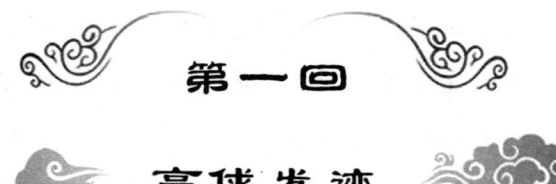

第一回
高俅发迹

宋朝哲宗皇帝在位时,东京开封府有个混混,名叫高俅,他球踢得很好,也会点三脚猫功夫,拍马奉承更是有一手,礼仪道德却丝毫不顾。

高俅因为怂恿京城王员外的儿子挥霍钱财,还骗取人家钱财来风花雪月,被王员外告到开封府。开封府把高俅打了二十大板,赶出东京城,并规定城里人民不许收留他。高俅没有办法,只好跑到淮西临淮州,投奔一个开赌坊的柳大郎,名叫柳世权。他平生就喜欢养闲人,招纳各地的地痞混混。高俅在柳大郎家,一住就是三年。

这几年,风调雨顺,国泰民安。宋哲宗于是放宽政策,大赦天下。高俅在临淮州得罪了不少人,只好考虑回东京。柳世权于是把高俅介绍给在东京城里开生药铺的亲戚董将仕,还给了他路费,让高俅回东京投奔董将仕。

董将仕一见高俅,看了柳世权的介绍信,暗自想到:"这高俅,我怎么能留他在这?要是个老实人,可以留他在家,也教孩子们学学好;他却是个整天游手好闲的二流子,况且还犯过事,判过刑,怕是江山易改本性难移,要是留在家里,倒让孩子们都学坏了。不收留吧,柳大郎又会怪我不给面子,我看还是先留在家里,看看再说。"住了十几天,董将仕想到了个打发他的办法。他拿出一套衣服,写了一封书信,对高俅说道:"我家财力微薄,恐怕要耽误你的前途。我推荐你到苏学士那里,在那里出人头地的机会更多,你看怎么样?"有了更好的去处,高俅当然很高兴,连忙告别了董将仕。

苏学士出来见了高俅,看了介绍信。知道高俅原来只是个市井混混,心想:"他可不是个省油的灯,不定什么时候给我捅出个娄子来。不如做个人情,让他到驸马王晋卿府里做个随从;这个驸马追求娱乐刺激,应该需要这样的人。"第二天苏学士就写了一封书信,叫人送高俅去那王晋卿府里。这王晋卿是哲宗皇帝的妹夫,他喜爱风流人物,正用得着这样的人,就收留高俅在府里做个亲随。从此,高俅留在了王驸马府里。

这天,驸马爷拿出玉龙笔架和两个玉狮子,用黄罗包袱包了,写了一封书信,派高俅送到端王爷家去。这个端王爷是王晋卿的舅舅,哲宗皇帝的弟弟,人长得英俊潇洒,也很喜好市井娱乐活动。没多久,高俅就提着玉器到了端王府。看门的问道:"你是哪个府里来的人?"高俅说:"我是王驸马府里的,特地给王爷送玉器来了。"看门的说:"王爷在后园踢球,我领你过去吧。"

来到后园,高俅见王爷穿着运动服装跟一群下人正踢得开心。高俅不敢过去冲撞,站在旁边静静地看。好运来了真是挡都挡不住,那球径直飞到高俅身边,端王没接到。高俅见那球飞了过来,不知哪来的胆量,来了个漂亮的"鸳鸯拐",把球踢还给了端王。端王见了大喜,就问:"你是什么人?"高俅向前跪下说:"我是王驸马的随从,主人叫我送玉器来献给王爷,还有一封信,请您过目。"边说边从怀里掏出信。

那端王并不去理会玉器,却急着问高俅:"你原来会踢球?你叫什么?"高俅跪拜说:"我叫高俅,能胡乱踢几脚而已。"端王说:"好,那你只管下来踢一场!"高俅说:"我只是个卑贱的下人,哪敢跟王爷出脚啊!"端王说:"球场上受点伤又有什么呀,你尽管放心地下来陪我踢球。"

高俅说:"给我十个胆子我也不敢啊。"端王却一定要他上场露一手,高俅叩头谢恩,便上场踢球了。才踢了几脚,端王就连连喝彩,高俅把平生本事都使出来奉承端王,那姿势、那动作确实漂亮!端王大喜,哪肯放高俅回去,就留他在府里过了一夜。第二天,端王府摆了宴席,专门宴请王晋卿。当晚,王晋卿不见高俅回来,正疑惑,看门人过来说:"端王爷请您明天去府里赴宴。"

王晋卿来到端王府,端王大喜,谢谢他送来玉器。席间,端王说道:"这高俅踢得两脚好球,我想留他在府里做个随从,不知道你同不同意?"王晋卿说:"既然王爷要用这个人,就让他留在宫里服侍王爷。"端王当然欢喜,两人又寒暄了一阵。晚上宴席散了,王晋卿自己回驸马府去。高俅从此每天跟随端王,寸步不离。

两个月后,端王被册封为太子,立帝号为徽宗。徽宗登基后,对高俅说:"我要抬举你,先让你在枢密院入名。"高俅兴奋不已,连连跪谢徽宗的圣恩。还不到半年的时间,高俅就做到了殿帅府的太尉。高俅挑了良辰吉日去殿帅府上任。那一天所有的公吏、衙将、都军、监军、马步人等,都来参拜。高俅一一点过名,发现只有八十万禁军教头王进没到。下面人说他半个月前请了病假,至今病都还没痊愈。

高俅大怒,喝道:"明摆着是故意不来,不把我放在眼里?这人故意推病在家!快给我把他抓来!"随即叫人到王进家捉拿王进。

领头的对王进说道:"如今高太尉新来上任,没看见您,直说您是故意装病在家,要我们过来捉拿您。麻烦教头陪我走一趟,要不太尉一定不会放过我们的。"王进听了,只好扛着病去参见太尉,拜了四拜,起来站在一边。高俅说:"你小子就是那都军教头王升的儿子?"王进说:"是的。"

高俅呵斥道:"你这混蛋! 你爷爷是街上卖狗皮膏药的! 你能有什么功夫? 前官瞎了眼,才让你做了教头,你竟敢小看我! 你背后谁给你撑腰竟敢托病在家安闲自在?"王进说:"我哪敢啊,真是病没有痊愈。"高太尉骂道:"混球! 你既然有病,现在怎么又能来了?"王进又说:"太尉叫我,不敢不来。"

高俅大怒,喝令:"给我拿下! 狠狠地打这不知好歹的臭小子!"旁边站着的官员大多数都和王进有交情,纷纷出来帮王进说话。高太尉喝道:"你这小子! 今天看在大家的面子上先饶了你! 明天再跟你算账!"王进谢罪,起来抬头认真看了看,认得是高俅。出了衙门,叹了口气说:"我算是栽了!

我还以为是什么了不起的人,原来是东京出了名的地痞高俅!因为在大街上欺负人,被我父亲一棒打翻,三四个月起不来。现在他发迹了,做了太尉,正是报仇的好机会。这可怎么办才好?"回到家里,闷闷不乐,对老母亲说了这事。母亲说:"孩子,三十六计走为上,我们现在就走,只是不知道去哪里才好。"

王进说:"母亲说得是,我也想这么办。只有延安府老种经略相公镇守边境,他手下军官多半到过东京,喜欢儿子使枪棒,我们就去投奔他。那里正用得上我,应该没问题。"母亲又说:"孩子,门外的两个头领,现在是高俅手下了。恐怕不会轻易放我们走的?"王进说:"母亲放心,我自有办法。"

傍晚,王进先叫张头领进来,吩咐道:"你先吃晚饭,我有些事要你帮忙。"张头领说:"教头要我做什么?"王进说:"我因为一直生病,前天在附近的庙里许了个愿,明早要去烧炷香还愿。你今晚先去庙里帮我安排一下,叫他们明天早点开门,等我来烧炷头香,你今晚就在庙里歇着等我。"张头领答应了,吃了晚饭就到庙里去了。当晚母子两人收拾好行李银两。等到天快亮时,王进叫来李头领,说:"你帮我把这些银两送到岳庙里和张头领买个三牲煮熟在那里等候;我买些香烛,随后就来。"李头领没想什么就拿着银子到庙里去了。王进马上扶老母亲上马车,赶紧逃了出来。

两位头领等不到王进,回到他家又不见一个人,就去他亲戚家找,又没人。两人怕受连累,第二天只好去报告高太尉:"王教头逃走了,母子俩不知去向。"高太尉听了,大怒道:

"贼人！还想逃走，看他能逃到哪里！"即写下文书，让各州各府缉拿王进。王进母子逃出东京，在路上逃亡了一个多月。这天，天色暗下来，王进挑着担儿跟在娘的马后，和母亲说道："总算上天有眼，让我们母子逃出魔掌！很快就到延安府了，高俅要想抓我们也难啦！"

母子两人说得正高兴，走着走着不觉错过了客店，"走了这一晚，都没看到客店，到哪里去投宿才好？"王进发愁着说。正没办法，只见远远的林子里闪出一道灯光来。王进看了，说："娘，这下好了！"

当时转入林子里来看时，却是一座大庄园，周围都是土墙，墙外有二三百株大柳树。当时王教头来到庄前，敲了很久的门，才有人出来开门。王进放下担儿，给他施礼。那人问道："请问来我们庄上有什么事吗？"

王进说："我和母亲急着赶路，错过了客店，来到这里，想在您庄上借宿一夜。明早就走，按例收费，希望能给个方便！"那人说："既然这样，你们先等一等，等我去禀报我家主人。"王进又说："谢谢大哥。"

过了一会，他出来说道："主人叫你们进来。"王进把老母亲扶下马。母子俩来到草堂上见庄主。那庄主是个六旬老人，发须斑白。王进对老人施了礼，说道："我姓张，东京人，因为做生意赔了本，没有办法，去延安府投奔亲戚。没想到急着赶路，错过了客店。"庄主叫下人上了饭菜好好地招待他们母子。

晚上，王进母亲忽然身体不适，声声叫着自己的儿子。

第二天一早，庄主人问王进出了什么事。王进听了，慌忙施礼说道："昨晚实在是打扰你们了，请原谅。"太公问道："你母亲出了什么事？"王进说："实不相瞒，老母每天陪我赶路，旅途劳顿，昨晚心痛病发。"庄主说："既然这样，你也别急着走，教你老母亲在我庄上住几天。我有个医心痛的方子，叫人去县里抓些药来给你老母吃。教她安心在这里休息几天。"王进连忙答谢。母子俩在庄上住了七天。老母亲休息得差不多，王进收拾行李要走。

来到马槽牵马，只见后院一个后生光着膀子，刺着一身青龙，十八九岁的样子，拿条棒在那里使。王进看了半天，不觉失口说道："这棒虽然使得好，只是有破绽，赢不了真好汉。"那后生听了大怒，呵斥道："你是什么人，竟敢来笑话我！我请了七八个师父，我不信赢不了你！你敢和我比比吗？"庄主听到声音出来，呵斥道："不能这么无理！"那后生说："这小子竟敢笑话我的枪棒！"庄主问道："你会武功？"王进道："懂一点。请问这位后生是什么人？"庄主说："是老汉的儿子。"王进说："既然是您的儿子，要真爱学武，我就点拨他一下，怎么样？"庄主说："当然好啦。"就叫那后生："来拜师父。"那后生哪里肯拜，气呼呼地说道："爹，不要听这家伙胡说！要是他能赢我，我就拜他为师！"王进说："你要是不信，那就较量一下。"

那后生抓起一根棍棒，向王进叫道："你来！你来！怕你不算好汉！"还不到五个回合，那后生就被打倒在地。后生爬起来，搬了条凳子让王进坐下，拜道："我枉费学了多家武艺，却没用处！师父在上，请受徒儿史进一拜！"王进说："我们母子俩连日在这里打扰,正想没什么回报你们的。"庄主大喜,准备了酒菜,请来王进老母。

庄主起身劝了一杯酒,说道:"师父如此高强,一定是个教头,小儿'有眼不识泰山'。"王进笑道:"您对我有恩,不该瞒您老人家。我不姓张,我是东京八十万禁军教头王进。因为新任一个高太尉,原被先父打翻,如今做了太尉,哪会放过我,我不想被他管束,和他又争不得,母子两人只好逃去延安府投奔老种经略相公。没想到来到这里,遇上您老人家,好心款待。既然您儿子想学,我一定尽力。"

太公说:"教头在上,我们世世代代住在华阴县,前面就是少华山。这村叫史家村,村里总共三四百家都姓史,老汉的儿子从小不务农业,只爱耍枪弄棒;母亲不能说他,被气死了。老汉只好随他性子,不知花了多少钱财请师父教他;又请人在他身上刺了这身花绣,总共有九条龙,人家都叫他九纹龙史进。教头今天既然到了这里,更是他的运气。老汉一定重重酬谢。"王进大喜说:"庄主放心。"于是王进母子就在这里住下了。

半年后,史进十八般武艺,一一学得精熟。王进见他学得差不多了,想告辞上延安府去。史进哪里肯放,说:"师父别走,小弟奉养你们母子两人,不好吗?"王进说:"好弟弟,我是怕高俅追捕,连累了你们。我必须去延安府。那里镇守边境,正用得上我。"史进父子苦留不住,只好安排了酒席给他们母子饯行,还给了王进许多银两。

王进母子告别史家庄,向延安府走去。

第二回

鲁提辖拳打镇关西

王进离开后没几天，史进把史家村的男丁都请到家里，一边喝酒一边说："最近少华山聚集一伙土匪，打家劫舍，早晚要抢到我们这里来。今天请大家来商议，要是强盗来了，庄上打起围墙，大家要拿起枪棒，互相救应，一起保卫我们的村庄。"

少华山三个头领，领头的是神机军师朱武，老二是跳涧虎陈达，老三是白花蛇杨春。他们商议下山去抢华阴县。杨春说："去华阴县要经过史家庄，那个九纹龙史进不好惹。"陈达不服，非要和朱、杨两人一起带领手下去打史家庄。

史进带着史家庄三四百人，出来迎战。陈达在马上说："我们去华阴县借点粮食，经过你们村，请你们行个方便，不要阻挡。"史进说："不行，我要是放你们过去，知县知道了一定会怪罪的。"陈达大怒，和史进打了起来。打了几个回合，史进故意转身逃走，陈达一枪刺了过去。史进一闪躲过，然后回转身，只一下就把陈达提下马，扔在地上活捉了。

朱武和杨春知道自己打不过史进，跪在史进面前哭道："我们三个被官府逼迫，才上山落草为寇的，当时发誓不求同生,但求同死,我义弟陈达冒犯了你,请英雄把我们三个人一起送去官府。"史进见他们很讲义气,就放了陈达。从此史进和少华山头领经常来往。

中秋节这天,史进请三位头领到家里喝酒赏月,没想到被华阴县衙知道,立即派官兵围住了史家庄。史进知道这里不能久待,一把火烧了自家的房子,带领少华山三个头领和自己手下的兄弟杀了出来。他不想就这样当强盗,在少华山上住了几天,告别朱武等人,到延安经略府找师父王进去了。

史进到了渭州,听说这里也有个经略府。在茶楼里喝茶时问伙计:"这里的经略府有没有一个从东京来的王进教头?"这时进来一个身高八尺,腰围粗壮,满脸络腮胡子的大汉。伙计说:"你要找教头,问问这位提辖就知道了。"

于是史进问道:"请问好汉尊姓大名?"那大汉说:"我是经略府提辖,姓鲁名达。请问哥哥,你姓什么?"史进道:"我是华阴县人,名叫史进。请问好汉,我有个师父,是东京八十万禁军教头,叫王进,不知是不是在这里的经略府里?"鲁提辖说:"难道你就是史家村的九纹龙史大郎?"史进施礼说:"正是。"鲁提辖连忙还礼,说道:"久闻不如一见!你要找的王教头,是不是在东京得罪了高太尉的王进?"史进道:"正是那人。"

鲁达说:"王教头不在这里。我听说,他在延安府老种经略相公那儿,渭州这里是小种经略相公镇守。久闻你的大名,咱们一起喝杯酒怎么样?"鲁提辖挽着史进的手,出了茶楼。鲁达回头说:"茶钱,我过两天再给你。"伙计说道:"提辖只管喝酒去。"

　　两人出了茶楼,上街走了一会,碰上了史进的启蒙师父"打虎将"李忠,他正在街上卖狗皮膏药。史进上前施礼说:"师父,好久没见了!"李忠问:"贤弟你怎么会在这里?"鲁提辖说:"既然是史大郎的师父,也一起喝酒去吧。"

　　李忠说:"等我卖了膏药,拿到钱,再和提辖去。"

　　鲁达说:"谁有工夫等你! 要去现在就走! 少啰唆!"李忠说:"这是我的生活来源,提辖先去,我随后就到。贤弟,你和提辖先走一步。"鲁达焦躁,用力地推了那人一把,叫道:"现在不去我就打你!"李忠见鲁达凶猛,敢怒而不敢言,只好赔笑说:"好急性的人!"赶紧收拾好行头,跟鲁达喝酒去了。

　　于是三个人来到本地的一家名店——潘家酒店,正喝到兴头上,忽然听到隔壁有人在哭。鲁达心里烦躁,喊道:"我们兄弟喝酒,谁在这哭哭啼啼?"酒保说:"是卖唱的父女俩,因为没卖到钱才哭。"鲁达说:"快喊他们进来。"

　　酒保领年轻女人和老头进来。鲁达问父女俩为何哭泣,那女人说:"我叫金翠莲,东京人氏,和父母来渭州投亲,路上遇到不幸,母亲病死在客店,我们父女俩只好留下。被郑大官人看上,要买我做妾,写下了三千贯的文书,却一分钱都没给。刚嫁他家,又被他的大老婆赶出来。郑大官人反而要我们还他三千贯钱。我哪有钱啊,只好和父亲一起卖唱还钱。"鲁达问了父女俩,到底是哪个郑大官人,那女子说是卖猪肉的郑屠。

　　鲁达一听,大怒:"呸! 我还以为什么了不起的人物,原来是那个杀猪的郑屠。他竟敢欺负弱女子。我帮你找他算账去。"他凑了些银两给那父女，说："拿上当盘缠，你们赶紧回东京去，那郑屠，我会收拾他！"

父女俩回到客店，结算了店钱，收拾好行李，第二天就离开渭州。鲁达怕郑屠追赶金氏父女，第二天一大早，就来到肉铺。看到郑屠，喊道："经略相公要十斤瘦肉，上面不能带半点肥的，你亲自给我切得细细的做馅用。"切完瘦肉，鲁达又说："再切十斤肥肉，上面不要一丁点瘦肉，也要剁成馅。"郑屠好不容易把肉馅剁好，鲁达又要他把十斤软骨切成细馅，不能有一点肉在上面。郑屠忍无可忍，说："你不是来买肉的，是故意来耍我的。"鲁达抓起两包肉馅劈面砸去。两包肉馅砸在郑屠的脸上，像下了一场肉雨。郑屠大怒，操起尖刀扑向鲁达。鲁达早跑到街上，一把抓住郑屠，猛地一脚，正中小腹，郑屠倒在地上。鲁达上前一步，一脚踏在他的胸脯上，骂道："爷爷我立了无数军功，也不枉镇关西的称号。你是个卖猪肉的屠户，狗一般的贱人，也敢称镇关西？说，你是怎样骗取金翠莲的！"说着，照他的鼻梁就是一拳，只见鲜血迸流。郑屠开始还嘴硬，后来招架不住，直苦苦求饶。鲁达边骂边打，朝他的头部连打三拳，血水顿时流了一地，郑屠就只有出的气没有进的气了。鲁达心想本来只想教训他一下，没想到这鸟人这么不经打，打死人要判刑，我还是赶紧逃命要紧。边跑边说："你还装死，以后再找你算账！"

各地贴出榜文捉拿鲁达，他在逃亡途中恰好碰见金老汉，他女儿嫁给了雁门县里的赵员外。听完鲁达的叙述，赵员外介绍鲁达到五台山文殊寺当和尚，来躲避官府的追捕。

鲁提辖拳打镇关西

　　鲁达于是到了五台山,落发为僧,法名智深。可是寺庙里规矩太多,不能喝酒不能吃肉,每天还要坐禅念经,对于酒瘾很大而又自由惯了的鲁达来说,日子真的很难熬。

　　这天,鲁智深在庙里实在闷得慌,就想出来走走,到了半山腰的一个亭子里。他想:"每天粗茶淡饭,没酒没肉,太没意思了,这鬼庙实在不是人待的地方!"这时,一个汉子挑着一挑桶上山来,在亭子里休息。鲁智深问:"你那桶里装的是什么?"汉子说:"酒。""多少钱一桶?"鲁智深问。汉子见他是个和尚,赶忙说道:"寺里有规定,这酒只卖给在寺里干杂活的人,不能卖给和尚,不然我以后都不能上山卖酒了。"

　　鲁智深大吼:"扯什么谈,你真的不卖?"

　　汉子见鲁智深不好惹,挑起桶就要跑。鲁智深一把抓住他,往他裤裆下就是一腿,那汉子捂着裆疼得半天起不来。不一会,鲁智深就把一桶酒喝得精光。

　　"明天到寺里拿酒钱。"说完,鲁智深抹抹嘴,摇摇晃晃地回到寺里。

　　其他和尚见鲁智深不守寺规,喝得醉醺醺的回来,都拿起棍棒要打他,鲁智深大吼一声:"你敢打我?有胆的过来!"借着酒劲,鲁智深把和尚们打得落荒而逃。

　　文殊寺的长老是个仁慈的老人,听到小和尚的报告,马上赶了过来,喝住鲁智深,只把他训了一顿。其他和尚在旁边都不服,说一定要把鲁智深赶出寺庙。鲁智深一见了长老,连声道:"弟子再也不敢了!"鲁智深这才在寺里老实了一阵。

转眼到了第二年春天，鲁智深在寺里又闲得无聊，就想到山下的街市走走。他见有个铁匠铺，就打了条六十二斤重的禅杖和一把戒刀。鲁智深出了铁匠铺经过一家酒店，闻到从店里飘来的酒香，馋得直流口水，就把长老的教训忘在脑后，径直走进酒店，狂喝起来，直到傍晚时分才跌跌撞撞地回寺。走到半山亭，酒劲上来，恍惚间把亭柱子看成了妖魔鬼怪，哗啦一下把亭柱子打断了。到了山门前，敲了半天也没人来开，鲁智深不由得大怒，看门边立着泥塑金刚，呵斥道："你们不替我敲门，却来取笑我。"说完抢起禅杖把门前的金刚神像打得粉碎。又大叫一声："还不给我开门，我一把火烧了这破庙。"看门的和尚只好抽出门闩，寺门打开后，鲁智深摇摇晃晃地走进禅厅，其他和尚都在打坐，闭着眼不理他。他往禅床上一躺，胃里的酒食忽然翻滚上来，哗啦啦吐了一地，禅厅里的和尚被熏得直掩鼻子。突然两百来个和尚抢着棍棒冲进禅厅。围着鲁智深就打，鲁智深借着酒劲，一禅杖一个，把那些和尚打得躺了一地。这时长老赶了过来，喝道："智深不要动不动就打人！其他人也不许再动手！"大家这才停了手。

长老本想留鲁智深在寺里，但其他和尚纷纷抱怨长老偏袒鲁智深。长老也怕他再闹出事来，只好介绍他到东京大相国寺去，还送给鲁智深一双鞋子、十两银子。鲁智深拜别长老，带上禅杖和戒刀离去。

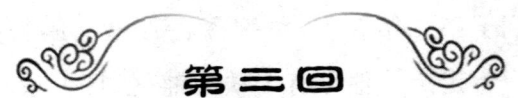

 # 鲁智深大闹桃花庄

　　鲁智深离开五台山，就往东京大相国寺赶去。这天鲁智深走到桃花村，天色已经暗下来。就借宿在一家姓刘的人家。庄主刘太公好酒好肉款待他。但一起喝酒时，鲁智深见他一直在叹气。鲁智深问道："您老到底为什么唉声叹气啊？"刘太公锁着眉头说："桃花山上的二头领小霸王周通逼我把女儿嫁给他，今晚就要来抢婚。"

　　鲁智深一听，肚子马上起了火，吼道："岂有此理，这周通竟敢强抢民女！"鲁智深想了想，计上心来。就吩咐刘太公把女儿藏起来，还说自己在五台山时跟长老学会解姻缘，能用法术劝那头领放过刘太公的女儿。刘太公半信半疑，但又没其他办法，只好按鲁智深的计划行事。其实，鲁智深哪里会解什么姻缘啊，他就想晚上狠狠地教训一下这个小霸王周通。

　　他不敢多喝酒，怕误了大事，吩咐完刘太公就钻进洞房，放好禅杖和戒刀，吹灭灯，脱了衣服，钻进帐子里等周通。半夜，锣鼓齐鸣，周通带着几十个兄弟，骑着马闯进庄里来。刘太公赶忙出来迎接，那周通早已喝得醉醺醺的。刚下马，周通就迫不及待地进了洞房,看见房里黑洞洞的,心里很不高兴,抱怨道:"我这岳父也太小气了,连个灯都舍不得点。"鲁智深好不容易忍住了笑。周通跌跌撞撞地摸到床前,还没坐稳就急着把手伸进帐子里胡乱摸索一通,一把摸到鲁智深圆鼓鼓的肚子。

鲁智深就等这一刻,他噌的一声跳下床来,一把揪住周通,按倒在地上,骂道:"你这个色狼!"抬起右手往周通身上就是一拳。周通大叫:"老婆,你为什么打我?"鲁智深喝道:"教你认得老婆我!"说完拳脚一齐上,打得周通大喊救命。在外面守候的强盗们听见呼救声,连忙抓起枪棒,冲了进来。鲁智深一见,扔下周通,挥起禅杖向强盗们打去。周通趁机逃出洞房,跳上马就想跑,他拼命地打马,马就是不动,他急得直冒冷汗,说:"这个时候连马都欺负我!"原来他因为着急,忘了解开拴马绳。情急之下,他砍断绳子,骑着马飞奔上山,搬救兵去了。其他强盗见势不妙,也都只顾逃命去了。

刘太公见事情闹大,连连叫苦道:"师父,这下可好,你可害了我们全家了!那霸王怎么肯放过我们?"鲁智深说:"太公你不要怕,他就是来千军万马,我也能挡回去!"过了不久,一伙强盗就在桃花村外叫骂:"贼秃驴快滚出来受死!"庄上人来报:"山上所有强盗出动,为周通报仇来了。"刘太公更是吓得全身直发抖。鲁智深提了禅杖,说道:"你们不要慌,等我出去,一杖打翻一个,你们只管绑了,押到官府去请赏。"说完,他就光着膀子出村迎战,只见火把之中,大头领站在中间,大骂:"那秃驴在哪里?赶紧出来决一胜负!"鲁智深回骂道："天杀的强盗,叫你认得爷爷我。"头领说："听你声音好耳熟,快报上名来。"鲁智深道："我是渭州经略府的提辖鲁达,现在出了家,法号智深。"那头领哈哈大笑,下了马,拜倒在地,说："哥哥,你还好吗?"鲁智深细细一看,才发现原来是史进的师父李忠。鲁智深这才知道李忠在桃花山上做了大头领。

鲁智深跟着李忠上了桃花山寨。周通一见鲁智深就埋怨李忠,说："大哥,你不给小弟出气,倒把这秃驴请上山来,这是怎么回事?"李忠说："你知道他是谁吗? 他就是我常常跟你说起的三拳打死镇关西的鲁提辖。"周通挠挠头说："原来是这样啊,幸好我没被他三拳打死。"鲁智深说服周通退了婚事,还在山上住了几天。李忠等人苦苦劝他留下来做个头领,鲁智深就是不答应,离开桃花山直奔东京。

半路,鲁智深经过瓦罐寺,饥饿难耐,就走进寺里找点吃的。忽然看见一道士挑着酒和肉,边走边唱："你在东时我在西,你无男人我无妻。我无妻犹可闲,你无夫好孤凄。"鲁智深提着禅杖跟着他一直走到后殿。看见一帮道士、和尚正在调戏妇女,不由大怒。鲁智深抢起禅杖,和尚、道士见来者不善,也都赶忙拿起刀枪迎战,打了一会,鲁智深肚子饿得咕咕叫,再加上赶路疲惫,他渐渐感到体力不支。鲁智深不敢恋战,转身就跑。

跑进一片树林,看见一团黑影忽闪而过,鲁智深心想:速度这么快,这家伙应该有两下功夫。他抓好禅杖,大喝道："林子里的混蛋快给我滚出来!"那人笑道："爷爷我心情不好，你还敢来惹我，秃驴，你找死。"鲁智深听了声音忙问："你是不是九纹龙史进?"那人呼的一声从树上跳下来，鲁智深这才看清对方，原来真是史进。鲁智深哈哈大笑，还没等史进问话，就急忙问史进有没有带吃的。史进拿出干粮给鲁智深，两人说了分别后的情形，就一起返回瓦罐寺。鲁智深、史进一起上阵，几个回合下来，那和尚、道士便都成了刀下鬼。随后他们各自告别，史进去投少华山，鲁智深也来到东京大相国寺。相国寺的方丈安排他管理寺庙的菜园。菜园附近的几个泼皮无赖，常常来偷菜，原先守菜园的是个老和尚，拿他们没办法。这回泼皮们又想趁鲁智深刚到，给他一个下马威。

这天他们合谋后，拿着礼品来见鲁智深。鲁智深请他们到屋里坐，为首的两个泼皮张三和李四却跪倒在粪池边上不起来。就等鲁智深去扶他们，好把他推进粪池。鲁智深看他们鬼鬼祟祟的，心里有了防备，大步走上前。张三和李四趁机一左一右抱住鲁智深的大腿，鲁智深站定后不等他们再动手，右腿早起，腾地一扫，把其中一个扫进粪池，又抬起左腿把另一个也踢进粪池。只听"扑通"!"扑通!"两声，张三和李四就都滚进了粪池，弄得满头满脸的脏物。其他几个泼皮吓得都跪在地上，苦苦求饶，连连叫道："师父饶了我们吧，我们以后一定听您的，服侍您，求您饶了我们!"鲁智深哈哈大笑，放了他们。

第二天，泼皮们带着酒肉，请鲁智深喝酒，他们在一棵垂杨柳树下摆了张桌子。正要喝，忽然听到树上乌鸦哇哇乱叫，鲁智深听得心烦，哪有心情喝酒。其中一个泼皮说："师父，我去把那乌鸦打下来。"鲁智深拦住他说："不用了！我去把那树连根拔了。"泼皮们心里疑惑，都想："这师父牛皮吹大了，这么大一棵，哪能那么轻易就连根拔起！"只见鲁智深脱下僧衣，走到树下，把树摇了摇。俯下身来，抱住树干，一使劲，把那树连根拔起。这几个泼皮见了更是佩服得五体投地。

第四回

豹子头误入白虎堂

　　这天,鲁智深演练禅杖给泼皮们看,正练得起劲时,忽然听见有人喝彩道:"好!好!好!"鲁智深忙问外面站着的人是谁,其中一个泼皮说:"他是八十万禁军枪棒教头,人称豹子头林冲!"鲁智深不以为然,对林冲喊道:"你就是八十万禁军教头林冲?"林冲道:"正是。"鲁智深说:"你要真有本事,就跟我过过招!"林冲道:"好。"说完腾身一跃,和鲁智深打了起来。鲁智深敌不过林冲,十几个回合下来,鲁智深就败下阵来。鲁智深连连拱手,说道:"哥哥果然好本事,来,我们一起喝个痛快!"

　　席间,林冲说今天他陪夫人来相国寺还愿,趁夫人在堂里烧香的空当,自己出来走走,经过小菜园看见有人在使禅杖,看到精彩处,忍不住喝出声来。鲁智深请林冲一起喝酒,两人聊得很投机,于是借着酒兴结拜为兄弟。正喝得开心时,林冲的丫鬟慌慌张张地跑进来,叫道:"大人快去,夫人在五岳楼下碰到几个无赖,拦住夫人就是不肯放。"林冲忙对鲁智深说:"兄弟,以后有时间再过来找你,我先走一步。"

　　林冲赶到庙里揪住为首的混混正要痛打,仔细一看,却是自己顶头上司高太尉的儿子高衙内，举起的拳头又放下了，高衙内一见是林冲，哼了一声，转身就走。这时鲁智深提着禅杖也赶了过来，大嚷道："那混球在哪里？竟敢欺负我嫂嫂，吃我一禅杖！"林冲说："他跑了。"鲁智深心里不明白，问道："哥哥为什么要放了这种鸟人？"林冲皱了皱眉，说道："算了，今天就忍了。"高衙内没能把林冲的妻子弄到手，回到府里，一连几天，闷闷不乐。高衙内有个心腹名叫富安，这个人一向诡计多端，外号干鸟头。富安猜中高衙内的心思，帮他设下一计。

这天，林冲在家里练武，忽然听见有人喊："林冲兄弟在家吗？"林冲一看，是太尉府的虞侯官陆谦。"好多天没见林兄，给个面子到小弟家里喝酒，怎么样？"林冲和他是老乡，从小一起读书，陆谦刚到东京时，林冲帮了他不少忙，还帮他找到了工作，有多年的交情。林冲也就没多想，跟上陆谦离开家门。走到半路，陆谦说："我家里也没准备什么，不如到樊楼里吃现成的酒肉。"于是两人一起上了樊楼。两人喝了几杯，林冲尿急下楼小解，正好碰见丫鬟气喘吁吁地跑来，林冲忙问："到底怎么了？"丫鬟说："大人和陆虞候走了不一会儿，一个大汉跑来，对夫人说：'林教头和陆虞候喝酒时，突然犯病，一头栽倒不省人事了，请夫人赶紧去看看。'夫人慌忙赶到陆家，谁知道又碰上那个花花公子高衙内，把夫人堵在楼上。"林冲听了，气得眼睛都绿了。直奔陆谦家，刚跑到楼梯口，只听高衙内说："美人，我可是一心想着你，自从那天见到你，我就一直心神不定，想你都要想疯了。你就是铁石心肠，也该回心转意了。"林冲高叫一声："夫人别怕,我来了!"一脚把门踹开。林冲妻子一听是丈夫的声音,手里紧攥的剪刀这才放了下来。高衙内大吃一惊,吓得慌忙打开窗户,从窗口往楼下跳,跑了。林冲这才明白原来是陆谦和高衙内设下的圈套,不由怒气冲天,把陆家打了个稀巴烂。

林冲把娘子和丫鬟送回家里,提起尖刀,直奔樊楼,陆谦早已逃走。他返身回到陆谦家里,等他出现,这个陆谦早已吓得躲在太尉府里不敢出来。一连几天,林冲找不到他,气也就慢慢消了,只等他出现再好好跟他算账。

高衙内好事没成,还受了不小的惊吓,回到府中好几天惊魂未定,加上想着林冲的夫人,竟一病不起,日渐憔悴。高俅怕儿子性命难保,叫来几名心腹商议,陆谦、富安出主意,只有设法结果了林冲,把林冲的妻子弄到手,才能治愈高衙内。陆谦为讨好高俅,能继续得到高俅的提拔,于是又献了一计。

这天,林冲上街,走到阅武坊门口,见一个大汉,穿一件旧战袍,手里拿着一口宝刀正在叫卖。林冲一看说:"好刀!你要多少钱?"汉子说:"喊价三千贯,实际价格两千贯。"林冲说:"这确实是口好刀,也值两千贯,只是没有其他人买。你要是肯一千贯卖,我就要了。"汉子说:"好吧,要不是着急用钱,这样的宝刀哪里能一千贯就卖,黄金当生铁卖了。"

林冲说:"我身上没带这么多,你跟我回家拿钱去吧。"

第二天中午,林教头正在欣赏宝刀,两个当差模样的找上门来,说:"林教头,太尉听说你买了口宝刀,叫你拿到府里去看看,太尉在府里等你。"林冲心想,不知是哪个嚼舌根,才一天工夫就传到太尉耳朵里了。

林冲拿着刀随两人进了殿帅府,来到大厅,其中一个说:"太尉在后堂。"领着林冲又拐过了好几道门,终于来到一个大堂前。又一个说:"太尉在堂里等你,你进去吧。"说完他们就不见了。林冲走进堂里,向周围扫视了一下,竟没有一个人,感觉有点不对劲,抬眼仔细看了看,堂中挂着一张牌匾,上面写着四个青色大字:"白虎节堂",林冲心里一惊,猛然醒悟,白虎堂是军机重地,自己冒失进来犯的可是死罪。正想转身离开,却见太尉从堂后突然冒了出来。林冲慌忙对高太尉行礼,高太尉喝道:"你擅自闯入白虎节堂,手里还拿着尖刀,分明是来刺杀本官的,快快绑住他!"林冲慌忙解释,太尉不等他说完就训斥道:"我什么时候派人去叫你了?来人,把林冲这小子给我拿下!"不容林冲再争辩,两边冲出几十个大汉,把林冲绑了,林冲大喊冤枉。

林冲被押送开封府治罪。开封府尹滕知府知道林冲为人廉洁正直,不愿与高俅同流合污,无赖混混出身的高俅一直把林冲当成眼中钉肉中刺。高老头子明显就想趁这个机会除掉林冲。如果给林冲开脱罪名,自己这顶乌纱帽就难保了,如果按太尉的意思判林冲死罪,林冲又确实冤枉,自己也对不起天地良心。他拿不定主意,只好暂时把林冲关在牢里。

林冲的岳父听说自己的女婿被冤枉关进大牢,连夜赶到开封府,想让开封府的师爷孙明定给想想办法,通融通融。

豹子头误入白虎堂

这个孙明定人称孙佛儿,精通律法,在办案上很有两下。他去找知府,见知府正为林冲的案子发愁,就说:"京城里谁不知道那个高衙内为非作歹,高太尉仗势欺人?大人只要把'擅闯白虎堂'改成'误闯白虎堂'林冲就不用判死罪了。"滕知府听了觉得有道理,于是第二天升堂时判道:"林冲不该手持尖刀,误入白虎节堂,判二十大板,面上刺字,发配到沧州牢城。由董超、薛霸二人押送。"

林冲临走前对他娘子说:"我这一去凶多吉少,夫人还是改嫁吧。"并咬咬牙当众人的面写了封休书。林冲的妻子伤心欲绝,当场撕碎休书,对丈夫说道:"相公,我这辈子都不会离开你的,我会一直在家等你回来!"两人含泪告别。

虽然林冲被发配到沧州牢城,但高俅心里仍然觉得很不爽。林冲一天不死,高俅就一天不能安心。为了高枕无忧以除后患,高俅又找来陆谦商议,他给了陆谦一大笔钱,叫陆谦买通了董超、薛霸,让他俩在途中把林冲结果了。

这天黄昏,三人来到一家客店投宿。戴着枷锁的林冲走了一天已经疲惫不堪。董超、薛霸两人假惺惺说要烧水给林冲泡脚。他们到厨房烧了一锅开水倒在盆里,端到房中,趁林冲疲惫不堪之际,一人抓住林冲的一只脚,死命地往开水里摁。林冲大叫一声,把盆踢翻,双脚都被烫肿了。薛霸还恶狠狠地直骂道:"好心给你泡脚,还把盆踢翻!"

第二天,林冲的脚全是血泡,他想穿上自己的草鞋却怎么也找不到,董超他们早趁林冲不注意把他的鞋扔出窗外。董超递给林冲一双短小的新草鞋,硬生生地把林冲那双已经满是血泡的脚塞进草鞋里，绑得紧紧的。走了没多久，林冲脚上的血泡全都被磨破了，流出脓血来，钻心的疼。董超拿着棍棒，边打边喊他快走。只可怜堂堂八十万禁军枪棒教头，竟要受这两个狗腿子的折磨。

走到一片草木茂密，烟雾缭绕的林子，董、薛两人便打算开始实施计划。这片荒无人烟的林子就是野猪林，是东京去沧州路上的一个险要地方，在这下手杀人多半可以神不知鬼不觉。董超给薛霸使了使眼色，薛霸马上开口说道："今天起得太早了，在这僻静林子更是犯困。"董超也故意应声说道："我也走不动了，刚好这里凉快，就在这林子里躺下睡一会吧。"林冲倚着一棵大松树坐下，薛霸拿出绳索对林冲说："我们怕你跑了，只好委屈你了，可千万别怪我们。把你绑在树下，我们才能睡得安心。"林冲说："你们尽管绑吧。"

绑好林冲，林冲闭上眼正要休息。董、薛二人突然拿出棍棒对林冲说："不是我们要害你。是陆虞候传高太尉的命令，要我们在这里打死你，到阴间你可别来找我们。"林冲听了痛心不已，想不到自己空有一身本事，一心想要效忠朝廷，却落得如此下场。他泪流满面，绝望地闭上眼，等待死亡的来临。

薛霸举起棍棒就要朝林冲的脑袋打下去，说时迟，那时快，只听树后雷鸣似的一声大吼，鲁智深举起禅杖跳了下来，把薛霸手中的棍棒打飞了出去，又抢起禅杖正要往董、薛身上打去。林冲听到吼声才睁开眼睛，见是鲁智深，他这才从绝望中回过神来忙说："兄弟不能下手，全是高俅老贼指使陆谦吩咐他俩杀害我的,他们又怎么敢违抗!"

鲁智深抽出戒刀,割断绳索,说:"好兄弟,你吃了官司,我又没办法救你。自从你被押送沧州,我就远远地跟来。昨夜他们故意烫伤你的脚,我就想一杖打死他们,又怕客店人多嘴杂,给兄弟你惹来更多麻烦。我怕自己在客店里喝酒误了贤弟的性命,没敢在客店休息,连夜赶来探路,走到这片林子,怕是他们会在这里对你下黑手,我就先在这里等。没想到这俩小子果真要在这里对你下黑手!看我不把他们剁了!"说完,拿起禅杖冲向薛霸,林冲好不容易劝住他。鲁智深又说:"要不是看在我兄弟的份上,你们俩早成了肉酱!"说完让董、薛两人轮流背着林冲继续赶路。

到了有人家的地方,鲁智深雇了一辆车子让林冲躺下,董、薛两人推着车,眼看就快到沧州。鲁智深对林冲说:"兄弟,这里距离沧州只有七八十里了。我已经打听清楚,这一路都有人家,不再有危险的地方。我们就在这分手,后会有期。"鲁智深取出几十两银子给林冲,说在牢里用得上。又给董、薛两人一些碎银子,指着路边一棵松树说:"你们俩不要再耍什么鬼把戏,摸摸自己头有这树硬吗?"说完举起禅杖,猛一下就把松树打成两截。董、薛两人说:"师父真厉害,一杖打断一棵大树。"林冲说:"这算什么!我兄弟能把相国寺里的垂杨柳连根拔起。"他们俩这才知道原来这和尚是相国寺里的鲁智深。

第五回

 林教头风雪山神庙

　　鲁智深走后，董、薛两人押着林冲到了沧州城。林冲三人来到一家酒店，老板娘说："这里有个柴大官人，人称小旋风，吩咐我们说如果有流放发配到这里的犯人，可以投奔他的庄上，他要帮助这些落难的人。"

　　林冲便来到柴进庄上，柴进听说他是东京八十万禁军枪棒教头林冲，因得罪高太尉刺配沧州，对他盛情款待，两个人谈得非常投机，大有相见恨晚的感觉。林冲在柴进庄上住了几天，临走前，柴进交给林冲两封信，还有不少银子，说："沧州府尹和我关系不错，牢城的牢头、看守和我也有交情，把这两封信给他们，他们一定会给些面子，照顾教头的。"

　　林冲三人来到牢城，交接完，董、薛二人带着牢城管事的公文回东京去了。

　　第二天，看守来到牢里问："谁是新来的犯人？"林冲应答，随即取出银子给看守，把柴进的两封信也给了看守。看守说："有柴大官人的信，我们会照顾你的。牢头明早点你名时，你就说，路上生了病，还没痊愈。"又过了一天，牢头果真将林冲叫到跟前，说："你是新来的犯人，按照制度要打一百杀威棒！"林冲说："我在路上生了病，现在还没痊愈，请暂时别打。"因为头天看了柴进的书信，牢头故意说："既然这样，那就先不打了。"

过了几天，牢头下了批文让林冲去看守天王堂。林冲到了天王堂，每天就扫扫地、上上香，闲得很，而且还有一定的活动自由。这天，林冲正走在路上，碰到了以前卖酒的李小二。当初在东京时，林冲对他很照顾。这个李小二以前在东京时，偷了老板的东西，被当场抓住，要被送到官府判刑。林冲救了他，使他免受牢狱之灾，又为他赔了钱，李小二才得到释放。他在东京待不下去了，林冲又送了他一些银两，好让他去投奔别人，没想到今天在这里碰见。

林冲问道："小二哥，你为什么会在这里？"

李小二感谢道："自从得到您的救济，给我路费，我一路上投奔人没有着落，后来就到了沧州，投靠一个酒店的王老板，留我在他店里帮忙。我手脚勤快，买卖做得还不错。老板家只有个女儿，就招了我做女婿。现在我岳父、岳母都去世了，只剩下我们夫妻俩，我在牢营前开了个茶酒店。现在正好到牢营里收账，没想到却遇见了恩人您。您怎么会在这里呢？"

林冲指着脸上的刺字说："一言难尽啊，我因为得罪高太尉，吃上官司，被发配到了这里。现在叫我管天王堂，也不知道以后会怎样。"

李小二就请林冲到家里坐坐，两口子对林冲非常热情。林冲在沧州没熟人，就把李小二这里当成家一样，经常过来。李小二的老婆常给林冲做些缝缝补补的活，夫妻二人又常送些酒肉到天王堂给林冲改善伙食。一天夜里,李小二的店里来了两位陌生客人,那军官模样的正是陆虞候。夫妻俩看他们鬼鬼祟祟的不像好人,又听他们说了"高太尉"三个字,想必与林冲有关。他们马上把这些都告诉了林冲。林冲问清了那人的相貌,知道正是陆谦那忘恩负义的家伙。林冲一想起他对自己的所作所为,不禁怒从中来。

林冲憋着一股怒气,离开李小二家,去街上买了把尖刀,带在身上。前街后巷,到处找陆虞候他们。林冲在街上找了好几天也没找着,他的心也就稍微放下了。

到了第六天,牢头把林冲叫来,说让他去管理十五里外的草料场,林冲答应了。离开营地后,林冲来到李小二家向他们夫妻道别,又回到天王堂取行李,跟看守一起前往草料场。现在正是严寒时节,鹅毛大雪一连下了好几天。林冲和看守来到了草料场,跟原先的管理员,一位老军,做了交割。老军还告诉林冲,如果想买酒就向东走两三里地。

老军和看守走后,林冲在床上放了包裹和被子,就坐下来生火。他仰面看着那间草屋,四根支柱都坏了,整个草屋被大风吹得摇摇欲坠。林冲自言自语道:"这间破茅屋怎么能够挨过这个冬天呢?等雪停了到城里叫个泥水匠来修理修理才好。"添了火,还觉得冷得直发抖,他又想:"刚才老军说二里地外有酒店,先去买点酒回来暖暖身子得了。"于是踏着雪,深一脚浅一脚的去买酒。

林冲买了酒回来,打开柴门一看,连连叫苦。原来那两间草屋已经被雪压倒了。林冲在压倒的草屋里拽出一条棉被，又想这里已经坍塌，风呼呼的直灌进来，在这过夜还不被冻成冰块。他记起了离这半里路上有个山神庙，就卷了被子向山神庙走去。到了庙里，他关好门，搬了一块大石头堵好门。一切都弄好之后，他才坐下来慢慢地喝刚才买的酒。

正在这时，他听到外面有劈劈啪啪的爆响。林冲跳起来，往门缝里看，看见不远处的草料场已经成了一片火海。

林冲便拿了枪棒，正想开门去救火，却听到外面有人说话。他伏在门上认真听，应该是三个人正朝古庙走来。他们用手推门却推不开，三人便在庙檐下看火。其中一个说道："这条计策好吗？"一个应答道："多亏牢头、看守你们二位用心。回到京城，我会告诉太尉，保证你们做大官。这次林冲的岳父就没有理由推脱了。"第一个人说："林冲今天被我们收拾了，高衙内的病自然就好了。"又一个说："张教头那个老不死的，三番五次托人去跟他说：'你的女婿不在了。'他就是不相信，更不答应把女儿嫁给高衙内，衙内的病就越来越重。太尉特意派我们俩来请二位帮忙，今天总算大功告成了。"又有一个人说道："我爬过墙到草堆上点了十多个火把，林冲那小子插翅也难飞喽！"又一个说："即使被他逃脱，烧了大军草料场，也会被判死罪。"又一个说："我们回城里吧。"一个回答道："再看一看，拣他的几块骨头回京城，见太尉和衙内时，也让他们夸夸我们会办事。"

林冲听出三个人的声音，一个是看守，一个是陆谦，一个是富安。林冲想到：真是老天可怜我林冲！如果不是草屋倒了，我还不被你们这帮狗贼给烧成灰了。他轻轻挪开石头，抓起枪棒，左手拽开庙门，大声喝道："狗贼！去死吧！"三个人正准备走，看到林冲站在面前都惊呆了，一动不动。林冲举起枪棒，一棍结束了看守的小命。富安跑了十来步，被林冲赶上，后心被刺了一枪，倒在地上。陆谦叫道："饶命！"吓得慌了手脚，走都走不动。林冲一把抓住他说："畜生，我一直把你当成朋友，对你不薄，你为什么要害我？"陆谦哀求说："不关我的事啊，是高太尉让我们干的。"林冲仰天长叹道："高俅老贼，你真是欺人太甚！"

那陆谦趁林冲不备，突然掏出匕首，向林冲心窝刺去。林冲一个躲闪，陆谦拔腿就跑。林冲飞身过去，一脚把他踹倒，一枪刺进陆谦的胸膛。林冲还不解气，割下三人的狗头，摆在山神庙的供桌上，然后大步走出庙门投奔柴进去了。

沧州城里到处贴着榜文缉拿林冲，上面写着："犯人林冲，杀死看守和陆虞候，放火烧毁草料场，罪恶滔天，立即缉拿归案。"

林冲在柴进庄上住了一天，对柴进说："现在风声太紧，如果官府搜到这里，恐怕会连累你啊，我还是到其他地方躲过这一阵吧。"柴进说："既然大哥要走，我不好强留，我写信介绍你到山东济州梁山泊，很多英雄豪杰都在那里避难。"梁山泊是一处水乡，方圆八百里，中间一座城，里面有三个头领，依次是：白衣秀士王伦、摸着天杜千和云里金刚宋万。

林冲走到梁山水泊边，在一家酒店里喝酒，因为找不到船只，心里很是烦躁。突然一个汉子进来说道："林冲你好大胆子，还敢来这里！"林冲问："你是谁？"大汉笑道："我叫朱贵,在这里开店,做梁山泊的耳目。哥哥你的事情我也听说了一些,你要上梁山泊,我明早就送你过去。"

朱贵领着林冲上了梁山泊,到了聚义厅,把他介绍给王伦、杜千和宋万。看了柴进的信,王伦心想:"我只是个落榜的秀才,林冲是八十万禁军教头,武艺高强,以后他要是抢了我寨主的位子可怎么办?"

王伦摆好了酒席款待林冲,喝得差不多了,叫手下拿来五十两银子,对林冲说:"柴大官人介绍教头来入伙,只是我们梁山泊庙小容不了大佛,恐怕会耽误了林教头的美好前程,这是小弟的一点心意,请教头再找过其他大寨吧。"

林冲说:"我现在只是个逃亡的犯人,千里迢迢来到梁山泊入伙,请寨主收留。"朱贵、杜千、宋万都劝王伦收留林冲。王伦说:"既然真心要加入,先交一个见面礼来,三天之内,提一颗人头来见我,办不到的话,就只好请你离开!"林冲不想无缘无故杀人,可是又没办法,只好在山路上守着。

林冲在树林里等了两天都没忍心杀害无辜的人。第三天见一个脸上有碗口大一块青记的汉子押着一担财物走进树林。林冲扬起大刀迎面扑向青面汉子,那人也不示弱,抽出腰刀砍杀过来,两个人一来一往打了四五十个回合,不分胜负。

两人正打得火热,朱贵等人赶来,叫道:"两位好汉,功夫都实在了得,这位是我们的兄弟豹子头林冲,请问好汉你是?"那汉子说:"小人青面兽杨志,因为给朝廷运送宝物出了意外,才流落到这里。"

第六回
杨志卖宝刀

朱贵听了杨志的话,忙请他们一起上山,王伦见杨志武艺高超,想劝他入伙,让林冲有个敌手,就说:"杨大哥不如加入我们,不知你愿不愿意?"杨志是名将的后代,传统观念比较重,就这样做了强盗,有点不甘心,他还想着能混个一官半职,以光宗耀祖。王伦没有办法,只好还了他的财物放他下山。朱贵一再帮林冲说好话,王伦这才答应让他留在梁山。

杨志到了东京,把自己倾家荡产换来的宝物送给高太尉,请求太尉开恩再让他做个小官。高俅看了有关他的文书,把杨志送来的宝物摔在地上,大怒说:"你们十个人去运送朝廷的财物,其他九个都安全上交,偏偏你押送的丢失了,当时不来自首,反而逃跑在外。现在朝廷虽然赦免了你的罪,你还想做官,滚吧你!"

杨志没讨到官职,打点的钱物都花光了。为了吃饭,只好上街卖他祖传的宝刀。

这天,杨志拿着宝刀,在街上等了半天,也没人来问价钱。这时,只见一个黑乎乎的大汉醉醺醺地走上桥,这黑大汉叫牛二,是当地有名的无赖。牛二走向杨志问道:"多少钱?"杨志说:"三千贯。"牛二说:"我三十文钱买了把刀,也能切肉。"杨志说:"我这可是口宝刀。第一,可以砍树剁铜不卷刀刃;第二,毛发一沾上刀刃就会断;第三,杀人不沾血。"牛二就到桥头店铺要来二十个铜钱,叠放在桥栏杆上。杨志看准了一刀剁下去,二十个铜钱被劈成四十半,刀刃丝毫没受影响,围观的人都连声喝彩。

牛二心里不乐意了,吼道:"喝什么鸟彩,你说毛发一沾上就断,我倒要看看。"说完牛二从一个围观人头上揪起一撮头发,给杨志。杨志接过头发,照着刀口轻轻一吹,那撮头发就都断成两节飘落下来,大家又齐声喝起彩来。牛二更是怒气冲天:"那第三点又是什么?"杨志说:"杀人不沾一滴血。"那牛二说:"我才不信,你倒杀个人让我看看。"杨志说:"怎么能随便杀人呢? 你真不信,杀只狗给你看看。"

那牛二就要起无赖来,说:"你明明说是杀人,没说杀狗!"杨志看他不像个省油的灯,就说:"你不买就算了,干吗缠着我不放!"牛二却更加赖皮起来,非要他杀个人看看。

杨志火了,说:"你还没完没了了,听着,我可不是好惹的,你最好别在我这要无赖。"牛二挑衅地说:"呦,看这阵势,我还真怕哦,你要真有本事,就杀了我,你敢吗? 臭小子!"杨志说:"我与你无冤无仇,我为什么要杀你?"

牛二上前揪住杨志说:"爷爷我就看上你这口刀了,你给也得给,不给也得给!"杨志说:"想要刀,拿钱来。"牛二却说:"爷爷我没钱!"杨志被激怒了,说:"你没钱,揪住我干什么?"牛二说:"也不打听打听我是谁,今天我要定你这刀了! 你如果真有本事,就杀了我。"杨志大怒,一手推开牛二,他扑哧一下跌了一跤。牛二爬起来就往杨志身上撞去。杨志叫道:"乡亲们给我杨志作证,我只想卖了宝刀换路费,谁知这个无赖却要来抢我的刀,还动手打人。"

围观的人大多数都受过牛二的欺负,知道他心狠手辣,都不敢上来劝。牛二听杨志说他打人,索性顺势说道:"你说我打你,我就打你,打死你又能拿我怎么样?"说着,挥着拳头向杨志砸来。

杨志实在忍无可忍,宝刀一挥,牛二的人头就落了地。围观的人见闹出人命都撒腿就跑。杨志大喊:"乡亲们,我杀死了这个无赖,是迫不得已的,大家一定要为我作证,我现在就去自首,请你们也一起去,给我说句公道话啊!"大伙见牛二已经死了,想想他在这里欺负乡邻这么长时间,又见杨志诚心诚意地要去自首,也都回转身,和杨志一起去了开封府。

到了官府,杨志主动说了案发的全过程,在场的人都为杨志作证:"是那牛二霸道,这位好汉才误杀了他的性命。"府衙过去也常常因为牛二的案子头疼不已,这样也算是为地方除了一大害,就对杨志从轻发落。判为两人斗殴,杨志误伤人命,打二十大板,脸上刺字,流放到北京大名府充军。

杨志被送到大名府。因为武艺高强,受到大名府梁中书的器重,留他在府里做事。

端午节梁中书举行家庭聚会。梁夫人是当朝太师蔡京的女儿,问梁中书送给父亲的生辰纲准备好了没有。梁中书说已经准备好十万贯的金银珠宝,正在挑合适人选押送,夫人听说杨志武艺高超，办事又谨慎，就说可以派他去押送。梁中书也有心提拔他，就派杨志押送这些宝物，前往东京。这一大批的宝物都是搜刮百姓的不义之财。

梁中书将杨志叫到厅里，说："我要派你送生辰纲去东京，送到了我自然会提拔你。"杨志问："多少东西？怎么个送法？"梁中书说："共有十一辆车，派一队士兵押送，有两个虞侯和一个总管跟随。"

杨志说："不是我有意推辞，这一路都是深山老林，到处都有强盗出没，您还是派别人去吧。"梁中书说："照你这么说这些宝物就不要送了？"杨志说："如果真派我去的话，请您按我说的方式护送。"梁中书说："我既然派你去，就按你的意思办。"

杨志说："要我看还是不用车子的好，免得太张扬了。宝物用担子挑，士兵们都打扮成生意人。一同跟随的虞侯和总管都要听我的安排，不能和我对抗。"梁中书说："好，我去吩咐他们就是。"

杨志的谨慎并不是多余的，多少人都打着这十万贯珠宝的主意，这不，郓城县的几个汉子都陆续行动起来。

郓城县巡捕都头美髯公朱仝和插翅虎雷横在城外巡逻抓盗贼。雷横在东溪村破庙里，看见一个光着膀子的大汉睡在供桌上，看样子不像好人，于是命手下将他绑了起来要送官府。带到东溪村保正人称托塔天王晁盖的家里。雷横对晁盖说："抓住一个醉汉，绑了去见官。"

晁盖心里有些疑惑，借口上厕所，出来看看那被吊在院子里的汉子，问："你是哪里人，来这里干什么？"汉子说："我是来找晁保正的。"晁盖说："我就是晁保正，既然你是来找我的，我就得救你，到时你就说我是你舅舅。"

晁盖送雷横出来，那汉子见了晁盖叫一声："舅舅，快救我！"晁盖故意看了一眼，喝道："这不是王小三吗？"汉子说："是啊。"晁盖说："这是我外甥，没出息的东西，又在哪里喝醉酒？"雷横一看既然是这样，也就放了他，自己回县衙去了。

晁盖问那汉子："你叫什么名字，为什么会来到这里？"汉子说："我叫刘唐，因为鬓角有块红胎记，人称赤发鬼。特意来告诉哥哥一个发财的机会。"晁盖问什么财路，刘唐说："大名府梁中书准备了十万贯的金银珠宝，送给他岳父蔡京祝寿。因此来和哥哥商量，我们半路劫了这不义之财怎么样？"晁盖想了想说："好是好，不过得想个周全的计策，不可以硬抢。"

当地有个很有学识的乡村教师，上知天文下知地理，名叫吴用，人称智多星。吴用和晁盖是老朋友。这天吴用也来找晁盖商量获得那批宝物的事。他认为干这事人太多不行，少了办不了，并建议去请以打鱼为生的阮家三兄弟。

吴用在石碣村找到了立地太岁阮小三、短命二郎阮小五、活阎罗阮小七，告诉他们晁盖要劫取生辰纲的事。三人听了当然开心，都表示愿意参加。阮小七跳起来叫道："我一生的心愿，今天总算是看到希望了！"

第二天，吴用、刘唐和阮家三兄弟在晁盖家后堂摆了纸钱香烛和猪羊，六人跪在地上发誓道："梁中书残害百姓，搜刮百姓财物,送给蔡太师祝寿,我们抢了这不义之财,如果有私心,天诛地灭,神明作证!"

晁盖等六人在后堂喝酒,手下人来报说:"有一道士来化斋,我给了他,他又不要。说要见保正,我说保正今天有事不能见他,他就发火来,还动手打我们。"晁盖听了马上出去见那道士。

晁盖见了那道士说:"你来找我,不就是为了化斋吗?已经给了你,为什么还要打人?"

那人笑道:"我找你不是为了斋钱,而是为了十万贯宝物来找保正。"晁盖一听,忙说:"我就是晁保正,有话到里边说。"

晁盖领着道士进了屋里,问:"先生贵姓?"道士说:"我叫公孙胜,人称入云龙。今天来是有十万贯金银珠宝送给保正。"晁盖说:"你说的难道是生辰纲?"吴用等人听了就从里屋出来:"我们又多一个同伙了。"

晁盖请大家都坐下,吴用说:"十万贯生辰纲飞不掉了,明天就让刘唐去探听路线。"公孙胜说:"不用去了,我已经打听清楚,他们走黄泥岗。"晁盖说:"黄泥岗附近白日鼠白胜是我的好朋友,可以找他帮忙。"

吴用说:"我已经想好了圈套。"他小声向大家说了一阵后问:"不知道大家同不同意?"

大家都说好,晁盖说道:"真是妙计,不愧是智多星!"

第七回

智取生辰纲

　　正当晁盖、吴用一伙商量怎样把生辰纲弄到手时,杨志已经冒着六月酷暑押着生辰纲上路了。一路上,杨志非常小心,他担心生辰纲还没送到东京就被强盗给抢了,这样一来,自己这辈子就真的毁了。所以对挑担的士兵格外严厉,他命令士兵们一大早就起来赶路,谁敢不听,不是打就是骂,中午太阳火辣辣的,挑担的士兵又热又累,杨志不断抽打、催促他们,士兵们对他是又恨又怕。到了黄泥岗,士兵们累坏了扔下担子都跑到树荫下休息,往树下一躺就再也不愿起来。杨志训斥道:"这是土匪出没的地方,绝不能在这停留,快起来赶路! 在这里休息非要出事不可!"可任凭杨志又打又骂,士兵们就是不起来。

　　两个虞侯和老总管都喘着气慢慢赶上来。老总管见杨志打士兵,劝道:"杨提辖,实在热得走不动了,别打他们了,还是休息一会吧。"杨志说:"老总管,这地方实在是危险啊!"

　　杨志不理他们的哀求,举起棍棒说:"不走的,吃我二十棍!"他刚要打下,忽然见到松树林里有人探头看,就放下棍棒拿起大刀,追进树林里喝道:"你是什么人?"杨志跑近一看,林子里一字排着七辆手推车,七个汉子在树底下乘凉。杨志问道:"你们是干什么的?"其中一个说:"我们是贩卖枣子到东京去的。"杨志细细看了看,用刀向他们车子上的大袋里捅了一刀,果然是一颗颗大红枣,这才放下心来。

这时,一个汉子挑着一担酒走上岗来,边走边唱:"烈日炎炎似火烧,野田禾稻半枯焦。农夫心内如汤煮,公子王孙把扇摇。"他走到树林边上,放下担子休息。

一个士兵问:"挑的是什么?"汉子说:"酒。""挑往哪里?""到前面村子卖。""多少钱一桶?""五贯。"士兵们就商量着凑钱买酒喝。杨志听了训斥道:"你们这些鸟人知道什么,就不怕酒里有蒙汗药,把你们给麻翻了。你们谁敢买!试试看!"汉子气呼呼地说:"这话说得我就不爱听了,我又没说非要卖给你,谁酒里有药了,胡说些什么!"

边吵边挑了担要走,那伙贩枣的人过来问:"你们吵什么?"汉子很冤枉地说:"这位大爷说我酒里有蒙汗药。"贩枣的说:"既然他们疑心,就卖给我们吧。"汉子说:"不卖,谁都不卖,别把你们给麻翻了。"贩枣的说:"他们说你,我们可没说。反正你挑到哪里都是卖,索性卖给我们,我们又不少你的钱。"汉子说:"就卖给你们一桶,只是没有碗,你们不好喝。"其中一个贩枣的说,刚好我们这有水瓢。另一个贩枣的从车子里抽出几个瓢。七个汉子端着瓢大口地喝酒,又抓了些枣子下酒,不一会,就把一桶酒喝光了。那些士兵看了,都馋得直流口水。

一个贩枣的给那汉子酒钱时,另一个贩枣的趁机去揭开剩下那桶酒的桶盖,舀了一瓢就喝。那卖酒的见了,赶忙去抢。没想到第三个贩枣的拿起瓢又想来偷酒喝,那卖酒的汉子生气了,一把夺过瓢,往桶里一倒,盖了桶盖,把瓢往地上一扔,说:"你们怎么可以这样,喝了一桶还想占便宜。"

那边士兵看了,更是渴得难受,一齐向杨志哀求说:"我们也买一桶吧。"老管家也说:"岗子上没有水喝,就让大家买了喝吧。"其实杨志也渴得厉害,他想:刚才那贩枣的喝了一桶,另一桶也被喝了一瓢,他们都还好好的,看来酒里不会有蒙汗药,也就同意了士兵的请求。

士兵们凑了五贯钱去买酒,那汉子却说:"不卖了,这酒里有蒙汗药。"士兵们忙赔笑道:"那是说笑话的嘛,何必当真。"那贩枣的也来帮腔:"大家出门在外不容易,你就当做好事了,卖给他们吧。"卖酒的汉子也就没再说什么。那枣贩子还拿了些枣给他们下酒,把瓢端过来借给他们。

士兵们你一瓢我一瓢地抢着喝,连两个虞侯和老管家都喝了不少。杨志坐在树下不动,忍住不喝。其中一士兵端着一瓢送到他跟前,杨志口渴难忍也就喝了。才一会工夫,一桶酒就没了。那汉子收了钱,挑着空桶下岗去了。

这时,杨志感到一阵头晕,那七个贩枣的拍手大笑,说:"倒!倒!倒!"杨志心里一慌知道自己中计了。他拼命想站起来,四肢软绵绵的,根本没了力气,眼前一黑,晕了过去,其他人早就已经昏迷不醒了。那些贩枣的连忙把枣子扔下,把杨志押送的十一担宝物装上车,推着车下了岗。

原来这七个枣贩子就是晁盖、吴用等七人假扮的,卖酒

智取生辰纲

的汉子就是白胜。那酒挑来时，两桶都是好酒，他们先吃了一桶，刘唐偷吃另一桶酒是故意做样子给杨志他们看的，表明那桶也是好酒。吴用在树林里喝完酒，趁机把药洒在瓢里，也来偷酒喝，舀起酒假装刚要喝的样子，白胜夺过瓢，倒回酒桶，这药就神不知鬼不觉地下去了。

杨志喝得少先醒了，他爬起来，看见其他人都倒在地上昏迷不醒，宝物全没了，便指着他们骂道："都是你们这些蠢猪非要买酒喝，才遭人暗算，丢了生辰纲！"拿起大刀，仰天长叹了一声："老天无眼，害我杨志倒大霉！我这一生算是没有再起的可能了！"然后精神恍惚，独自下岗去了。

大伙过了好一阵才醒过来，老总管说："生辰纲丢了，杨志也走了，我们该怎么办啊？"一个士兵说："就说是杨志和土匪串通一气，用蒙汗药把我们麻翻了，把金银珠宝全都抢走了。"大家听了，都说就这么办，收拾了一下就回去禀报了。

杨志丢了生辰纲，怕官府追查，只好在江湖上到处流浪。他想起上次在梁山泊上王伦留他的情形，就准备去投奔。

这天，杨志在街上游荡，碰上了好友曹正，人称操刀鬼，他自己开了家酒店。曹正把杨志请回店里喝酒，杨志把准备投奔梁山泊的想法告诉了曹正。曹正说："我听人说王伦心胸狭隘，容不得别人比他厉害，林冲入伙，王伦千方百计地刁难他。在那种人手下干，太窝气了，不如到二龙山，占山为王。"那二龙山上有座宝珠寺，寺里的住持还了俗，聚集了几百人，为首的叫金眼虎邓龙。

杨志第二天一早就拿着大刀，赶往二龙山。走到天黑，也没找到个客店，见到有一片松树林，就走了进去。却看见一个大胖和尚光着膀子，手里拿着一把禅杖，恶狠狠地看着他，呵斥道："你这混蛋从哪里来？"杨志反问："你是哪里的和尚？"那和尚不回话，抢起禅杖就打，杨志抓住大刀迎去。两人就在树林里打了起来。打了几十个回合不分胜负。那和尚故意卖了个破绽跳出圈来，问道："你这青面汉子是什么人？"杨志说："我是青面兽杨志。"和尚道："我是花和尚鲁智深。"两人早听说过各自的大名，忙停止打斗，抱拳互相行礼。

杨志笑道："你不是在东京大相国寺吗？怎么会跑到这里来？"鲁智深回答道："高俅那老东西要害我林冲哥哥，我在野猪林救了林兄一命，护送他到沧州。那两个押送的认得我，回去禀报，高俅老贼就派人到相国寺来抓我，我逃了出来，四处飘荡。今天流落到这里。本想在宝珠寺安身，寨主邓龙那混球不肯让我待在那里。我一气之下和他打了起来，他被我打败，就跑回山上，把住关口，我一个人也攻不上去。"说完，两人就一起下了山。杨志带着鲁智深会见了朋友曹正，听了鲁智深的叙述，曹正说："我有一计，不知两位同不同意？"曹正把他的计策说了一遍，两人听了都说妙，准备按照曹正的计策行事。

第二天，鲁智深、杨志、曹正以及曹正的几个朋友，直奔二龙山。下午，他们来到那片松树林里，鲁智深脱了衣服，曹正把他绑了，系上几个活扣让一个人牵着，其他几个押着鲁智深来到二龙山下。二龙山巡逻的小头目问："你们来这干什么？"曹正说："我们在山下开了个小酒店，这个和尚在店里喝醉了酒,说要杀死你们大王,踏平二龙山。我故意把他灌得烂醉如泥,叫几个弟兄绑来献给大王。"小头目听了,领他们上了山,打开关门。大家都进了关,来到山顶大堂里。邓龙坐在堂内的交椅上,骂道:"你这秃驴,好大的胆子!"牵着鲁智深的汉子,把绳子一拽,鲁智深挣开绳索,从曹正手里接过禅杖呵斥道:"你这混蛋,叫你认得爷爷我!"说完,扑向邓龙,邓龙还来不及起身逃跑,哐当一声连头带椅都被劈成两半。杨志等人在旁边杀了几个喽啰。曹正叫道:"你们要是投降,就不杀你们,要是还想打,叫你们脑袋像邓龙一样开花!"几百个喽啰见大王已死,都扔下兵器,纷纷投降。

从此,鲁智深和杨志就在二龙山上做了寨主。

第八回

 宋江私放晁保正

杨志在二龙山上做上头领的时候,梁中书正气急败坏连夜写信给他的岳父蔡京,说生辰纲丢失,杨志逃跑的事。蔡太师更是生气,当即派自己的心腹赶到济州府,对济州府尹说:"太师吩咐,叫我住在府衙,催促缉拿七个卖枣的、一个卖酒的和杨志,给你十天期限,十天之内要是破不了案,就把你流放到沙门岛!"

济州府尹不敢放松,立即叫来缉捕使臣何涛说:"蔡太师限十天内抓到那帮土匪,如果抓不到,我不但要被撤职还要流放到沙门岛,你也会被流放到鸟不拉屎的地方去!"并命令人先在何涛脸上刺下"发配……州"的字样。

何涛抓不到人,心中苦闷,对弟弟何清说:"抓不到抢生辰纲的强盗,我就要被发配到边疆充军。"何清笑道:"这有什么难的!"何涛忙拿出十两银子给何清说道:"你要是能帮我抓到他们,官府自然会重重地奖赏你。"

何清说:"我常常在安乐村王家客店赌钱,那天输了钱,就帮他们填写旅客的名单。六月初三那天,有七个贩枣的客人住店,为首的好像是东溪村的晁保正,可登记时,他却说姓李,还硬说他们都是枣贩子。第二天,碰上白日鼠白胜,看他挑着一担桶,唱着歌往黄泥岗方向走去。后来听说黄泥岗上丢失了生辰纲,是被蒙汗药给麻翻的,我猜肯定是他们干的。你只要捉住白胜,一问就知道他的同伙是谁了。"何涛听了,立即去捉拿白胜,果然在他家搜出一包珠宝。白胜被抓后,被打得皮开肉绽,问案的人说道:"晁保正已经招认,你就不要再死撑啦!快说其他六个人都是谁?"白胜信以为真说:"晁保正让我只管挑酒,其他六个人我都不认识啊!"

何涛立即带人来到郓城县捉拿晁盖。为了不打草惊蛇,何涛让大家都藏到旅店里,自己来到县衙下公文。没想到县衙早会刚散,他只好到县衙对面的茶楼坐着,恰好碰见值日的押司宋江。宋江字公明,生得黝黑,所以有人叫他黑三郎。他喜欢结交江湖好汉,凡是有人来投奔他,无论地位高低,他都好酒好肉地招待,临走时,还给不少的银两,非常大方。所以江湖上又称及时雨宋公明。何涛认识宋江,连忙走上去。宋江问:"请问大哥尊姓大名?"何涛说:"我是济州缉捕使臣。因为强盗抢了梁中书送给蔡太师的生辰纲,逃到你们县里,希望你们这能协助我们一起办案。"宋江问:"那几个强盗都有谁?"何涛说:"一共七个人,已经抓到白胜,带头的是你们县东溪村保正晁盖,其余六个还不知道姓名。我想等抓到晁盖真相就会大白了。"宋江暗暗吃了一惊,心想:"晁盖是我的好兄弟,竟然犯了这么重的罪,我现在要是不想办法救他,恐怕他是死路一条啊。"于是宋江强作镇静,说:"这事容易,你先到县衙批下缉捕令,再派人去抓。知县办了一早晨的公务有些疲惫，你也忙了一早上，先在茶楼里稍微休息一会，我现在就去请知县。"何涛当即谢了宋江，回到茶楼。宋江见他上了茶楼，转到县衙背后，拿起马鞭，向东溪村飞奔而去。

　　阮家三兄弟分了钱财，已经回石碣村。晁盖、吴用、公孙胜、刘唐这时正在后院喝酒。忽然听见下人来报："宋江独自骑马来了，要见保正。"晁盖连忙出来迎接。晁盖把宋江领进侧边的小屋，问："押司为什么这么着急？"宋江说："黄泥岗事发了，白胜被捕，供出你们七人，济州府派人来抓你们。你们快逃，我回去之后，就要派人连夜来缉拿你们，何涛还在县衙，我得马上回去。"晁盖把宋江送走后，就和吴用等人商量对策。吴用说："三十六计走为上策！将金银珠宝用车推到石碣村，然后和阮家兄弟上梁山泊入伙。"宋江赶回县衙，何涛纳闷宋江为什么去了那么久。刚走到县衙门口看看情况，宋江从衙门里走了出来，笑着说："何兄弟休息好了？我已经安排好手下，就等知县老爷的命令了。"说完，宋江领着何涛去见知县。知县看了何涛带来的公文，大吃一惊，说："这是蔡太师下令要办的案子，一定要用心，但不知派谁去抓晁盖好？"宋江说："白天怕走漏了消息，只能晚上去抓，就请朱仝和雷横去捉拿。"

　　晁盖处理完家事，遣散下人，直到晚上才把财物收拾妥当。趁着夜色，朱仝、雷横带着一班人马奔向东溪村。朱仝和晁盖有过交情，故意让雷横到村头去抓，自己绕道埋伏在村尾。雷横带人从村头杀进去，却没见到半个人影，晁盖等人果然从村尾杀出。朱全假装敌不过晁盖，故意放他们过去，而后又穷追不舍，到了一个僻静的地方，朱全见手下的士兵都没追上来，就对晁盖说："保正，这个案子非同一般，你们还是快投奔梁山泊吧。"晁盖谢过朱全，匆匆逃命去了。

知县听朱全、雷横回报说强盗们都逃走了，只捉了两个下人，对他们严刑拷打。下人招认："小人只认得吴用、公孙胜和刘唐，听说还有三个是石碣村的阮家三兄弟，都是打鱼的。"

何涛回到济州向府尹回报说："他们跑到石碣村，那里是湖泊沼泽，紧靠梁山泊，到处是芦苇，没有大队人马谁敢去抓人？"府尹说："既然这样，就派五百官兵，由你带领去捉拿这帮无法无天的强盗！"晁盖七人逃到石碣村，与阮家兄弟相聚，商议投奔梁山泊的事情。突然，几个打鱼的来报道："不好了，大队人马奔向村里来了！"阮小二说："叫他们都淹死在水里！"晁盖吩咐吴用、刘唐带上财物上船先走，阮家兄弟先去迎敌，自己和公孙胜随后就到。何涛一队人马渐渐逼近石碣村，到了阮小二家里，早已是一座空房。左邻右舍说："他们都到湖里去了。"于是这一队人见船就抢，忙着去搜寻晁盖等人。何涛的五百官兵分乘一百只小船，浩浩荡荡地向湖中心进军，只见一个汉子撑着船，行在芦苇中间，嘴里悠然自得地唱着歌。何涛听了一惊，有人告诉他："这人就是阮小五。"何涛把手一挥，喝道："放箭！"所有持弓箭的士兵搭箭拉弓，一齐放射。阮小五见箭射来，一翻身钻进水里，官兵束手无策。何涛命令官兵乘船继续前行，忽然听见芦苇丛里一声响动,只见两人摆着一条船划了过来,船头上站着一个人,那人手里拿着把枪棒,口里唱道:"老爷生长石碣村,禀性生来要杀人。先斩何涛巡检首,京师献与赵王君。"

何涛更加惊慌,有人告诉他,这个人是阮小七。何涛喝道:"先拿这个贼,别让他跑了。"阮小七和那摆船的飞奔似的划走了。官兵的船划到水面狭窄的地方,何涛叫两名军卒上岸去看看。两个小兵拿着兵器刚跳上岸,阮小二猛地从芦苇丛中钻出来,举起手里的锄头,一锄头一个把两个小兵打下了水。何涛大惊失色,刚想掉头逃走,阮小七从水里冒出来,伸手把何涛两腿一扯。何涛扑通一声,倒进水里,何涛的船队一阵混乱。公孙胜趁机火烧官兵,顷刻间,几艘装满芦苇柴草的小船熊熊燃烧起来,冲进官兵的船队,霎时间官兵船都被引燃,火光冲天,军卒只顾喊叫逃命,有的跑到岸上,有的被火烧着跳进水里被淹死。

晁盖等人大获全胜,活捉了何涛,阮小二把何涛捉到岸上,骂道:"你这狗官,本来要把你碎尸万段,现在放你回去告诉济州那些贪官,我们阮家三兄弟和晁保正都不是好惹的。不要说你们,就是蔡太师亲自率兵来,也要捅他二十个透明窟窿。"

第九回

 吴用设计除王伦

放走何涛，晁盖、吴用等七人来到梁山泊，寨主王伦带着林冲和几位头领出来迎接。王伦说："早就听说晁保正大名，如雷贯耳，今日一见果然不同凡响，欢迎来到小寨。"晁盖说："我是个粗人，甘心在头领手下做个小兵。"王伦说："别这么说，先到寨里再做商量。"马上叫人摆了酒席款待晁盖等人。喝酒的时候，晁盖把智取生辰纲的事向大家讲了，大家听得很入迷，对晁盖等人很是佩服。只有王伦听了，半天没吭声。这一切，都没逃过智多星吴用的眼睛。

晚上，晁盖对吴用等人说："我们犯了大罪，王头领收留我们的恩情不能不报。"吴用说："我看王伦不是干大事的人，如果要留我们，酒桌上就会安排我们的座次。还有，林冲看起来对王伦并不满意，他们也可能有很深的矛盾！"吴用又观察了一下山寨的其他几位头领，看他们也并不对王伦死心塌地。于是就想借林冲的手除掉王伦，以便他们在寨里长久地安身。细细琢磨了一下，就在心里定下了一计。

第二天早晨，林冲来拜访晁盖等人。吴用故意问道："早就听说林教头大名，不知道是谁推荐你上山的？"林冲回答道："是柴进大官人。"吴用说："既然是柴大官人推荐，而你又是八十万禁军教头，让你坐梁山泊的第一把交椅都委屈你了啊！为什么教头你……"

林冲打断吴用的话，说："林冲自愿上山，并不在乎排位高低。但王伦心胸狭窄，容不得别人比他厉害，这实在让我难以忍受。"吴用说："现在我们兄弟几个吃上这么大的官司，如果王头领不愿收留，我们就只有投奔其他地方避难去了。"林冲急忙说："大家不要想着离开，为了梁山泊的大业，林冲自有办法。"吴用一面假意说道："林教头可不要因为我们伤了山寨的和气。"一面又不断煽动林冲的怒火。

快到中午，一个小兵来请，说："王头领请几位好汉去山寨南边的小亭子里喝酒。"晁盖说："我们怎么做才好？去还是不去？"吴用说："当然要去，我煽动林冲火并王伦，我们各自带短刀，看我眼色行事。"中午时分，七人各自藏了短刀，一同去喝酒，晁盖一提入伙的事，王伦就支支吾吾地转移话题。午后，王伦让人捧出一个盘子，上面放了些银子。王伦说："谢谢你们几位英雄看得起我们梁山泊，只是山寨狭小，一洼之水，哪里能容下你们这几条真龙啊！请你们投奔其他大寨去吧。"晁盖说了许多好话，请王伦收留他们，王伦却只顾一味地推托。林冲站在旁边两眼圆睁，大声喝道："我上山时你说粮少人多，这回又这么说，这是什么屁话？你这个笑里藏刀，嘴上一套心里一套的鸟人，我看透了你这小人嘴脸，今天决不放过你！"王伦骂道："你这畜生，喝过头了。竟敢说大逆不道的话！"林冲喝道："你不过是个穷酸书生，没半点真才实学,在这里胡乱卖弄,怎么能担当寨主的大任?"吴用见机会来了,故意说:"林教头不要生气,王头领既然有难处,我们就只好走了。"晁盖等七人站起来,假装要出亭子,王伦假意留道:"休息一会再走也不迟嘛。"林冲一脚踢翻桌子,大步踏过去,一把揪住王伦,掏出尖刀。吴用摸摸胡子,假装上前拦住林冲,说:"林教头不要冲动,千万别为我们伤了你们兄弟的和气。"晁盖、刘唐就拉住其他几位头领。林冲用刀指着王伦骂道:"你这小人,留你有什么用!"照着王伦的心窝咔嚓一刀,王伦当场毙命,又一刀,割下王伦的脑袋提在手里,喝道:"有谁不服,以王伦为例!"其他几位头领早就对王伦的小心眼不服,都跪在林冲面前,连连说道:"今后愿听哥哥调遣。"吴用拉过交椅推林冲坐下说:"今天我们立林教头为山寨之主。"林冲却扶晁盖坐在交椅上说:"我只是个武夫,没有学识智慧。王伦心胸狭隘不肯收留各位英雄好汉我才杀了他,要我当一把手,我只有一死,来表明心迹。晁天王仗义疏财,智勇双全,立他为山寨之主,吴用先生为军师,执掌兵权,是再好不过的。"说完就向吴用行礼。吴用客气了一番之后,也就点头答应了。于是晁盖当了寨主,吴用排第二位,公孙胜第三,林冲坐了第四把交椅。

梁山泊好汉排好位子,七八百个弟兄集合在聚义厅前,晁盖说:"如今我做了寨主,吴用为军师,与各位头领共同管理山寨。我们今后要囤积粮草,打造武器,操练兵马,以防官军来镇压。"

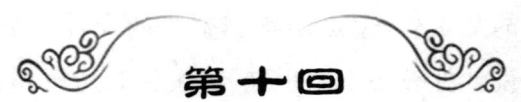

第十回

 宋江怒杀阎婆惜

　　晁盖等人得到宋江的帮助上了梁山，事情也就告一段落。再说宋江，他在郓城县做押司，官虽然不大，名气却很大。他长得很黑，相貌平平，但是做人慷慨大方，常常帮助有困难的人。他这天正在街上闲走，遇见王媒婆和阎婆。王媒婆指着阎婆说："她们阎家三口，靠女儿卖唱为生，现在阎公害病死了，没钱办丧事。听说宋押司常常帮助有困难的人，阎婆特地跑来向您求助，希望您能帮帮忙。"

　　宋江没多想，当即拿出银子给阎婆，说："这十两银子，拿去买副棺材，剩下的贴补家用吧。"阎婆说："押司是我们母女俩的大恩人哪，今后做牛做马也要报答押司。"

　　过了些日子，阎婆对王媒婆说："我那天去谢宋押司，见他家没有女人，不知道他有没有老婆？"王媒婆说宋江还没有结婚。阎婆说："我女儿婆惜长得漂亮，又会唱歌，请你和押司说说，娶了我的女儿，算是报答他的恩情吧。"

　　王媒婆天天缠着宋江，非让他娶了阎婆惜，宋江被烦得没有办法只好答应娶阎婆惜做小老婆，并给她买了一座小楼。宋江因为县衙里公事繁忙，就很少回家过夜。阎婆惜年纪轻轻，人又长得妩媚，哪里耐得住空房寂寞。一天，宋江请同事张文远到家里喝酒。阎婆惜见张文远长得帅气，两人在酒桌上就眉来眼去。宋江不常到阎婆惜的住处，本来就是娼妓出身的阎婆惜就和张文远勾搭成奸，经常偷偷地幽会。

这天，宋江回阎婆惜的小楼，刚走到墙角，看见阎婆惜开门送张文远出来，又听邻居们笑道："刚送走了张三郎，又来了宋三郎。"宋江一气之下转身走了，从此再不来找阎婆惜。

一天傍晚，宋江从县衙里出来，突然有一个大汉走到他面前，行礼说："宋大哥还认得我吗？"宋江一看原来是晁盖的兄弟刘唐，连忙拉他到一个僻静的角落。刘唐对宋江说："晁天王很想念哥哥，为感谢哥哥的救命之恩，让小弟送来一百两黄金，还有一封书信。"刘唐打开包裹拿出黄金和书信。宋江把书信放进公文包，把金条还给刘唐，说："金子我不能收，你们山寨里刚刚重整，处处都要用钱，我拿一根金条算是领了晁盖哥哥的心意。你赶快回去，现在风声还很紧，不要在这里停留。"刘唐听了，也就没太坚持，盖好草帽匆匆离开。宋江乘着月色，往家里赶，恰好遇见阎婆。她拉住宋江说："好久不见押司了，今晚非要你跟阎婆回家去。"宋江推说公务繁忙，改天再去。阎婆扯住宋江就是不放，说："你不要听别人胡说八道，今晚非去见我的女儿婆惜不可。"

宋江没有办法，被阎婆拽到婆惜的小楼里。他对着桌上的酒菜，只是低头坐着。阎婆惜却背着身子只顾摆弄衣裙。两人都不说话，酒菜也一点都没动。

夜深了，阎婆惜也不解衣，独自走到床边，背转身子面朝墙壁，和衣睡了。宋江把公文包挂在床边栏杆上，在婆惜脚后躺下，直盼着快些天亮，赶紧离开。第二天，天一亮，宋江忙穿上鞋子就走。阎婆惜也一夜没睡，见宋江走了，想整理好床铺，再美美地睡上一觉。看到床头上挂着公文包，伸手一摸，沉甸甸的，掏出东西一看，是一封信包着一根金条。不由得大喜，拆开信一看，却是梁山泊土匪写的，信上说送给宋江一百两黄金，感谢兄弟救命的事情。阎婆惜更是心花怒放，心想，就凭这封信，就可以把宋江制得服服帖帖。宋江勾结土匪的信落在我手，是老天成全我和张文远。宋江啊宋江，这下看我怎么整你吧。宋江出门不远，正碰上卖醒酒汤的王公。他见宋江走过来，说："押司昨夜一定喝了酒，喝一碗醒酒汤，提提精神。"宋江说："好。"就要掏公文包取银子，才发现公文包落在阎婆惜那儿了。宋江暗暗发慌，汤也不喝了，急忙跑回阎婆惜楼上。

宋江进门就向阎婆惜要公文包，婆惜说："给你可以，但要答应我三个条件。"宋江问哪三个条件，婆惜说："第一，你要答应我改嫁，嫁给谁你不许管；第二，这栋小楼和家具衣物都归我；第三，梁山泊给你的一百两金子也得给我。"

宋江说："头两个可以，第三个条件可不行，因为我没有拿他们的金子。你要金子，等我回家凑给你，你先把公文包给我。"婆惜说："我就不信你没要那些金子，快，一手交钱一手交货，你不拿金子来，就不给你书信。"宋江继续解释："我真没拿一百两金子，如果你不信，我变卖所有家产，三天后再给你一百两金子，只是你现在得把那封信给我。"阎婆惜一听，哼了一声："你想得倒美，谁知道你三天后能不能把钱给我？说了一手交钱一手交货，不然的话，明天县衙公堂上见！"

宋江一听，这女人这么不讲情面，还要上公堂，心里大怒，伸手去抢那公文包。婆惜躲闪着不给。宋江掀开阎婆惜的被子，看见公文包果然在被子里，就使劲来夺。那阎婆惜哪里肯放手，宋江狠命一拽，没拽出公文袋，倒拽出包里的解衣刀。宋江忙把刀紧紧地攥在手里，那阎婆惜见宋江手里有刀，便惊叫起来："黑三郎杀人啦！"她这一叫，宋江更是慌了。正等她叫第二声的时候，宋江这时已经是不顾一切了，按住婆惜，往阎婆惜脖子上一割，结果了她。宋江吓得浑身颤抖，又怕她没死，照准原处，又划了一刀，阎婆惜那颗头就刚好落在枕头上了。做完这些，宋江连忙拿过公文包，抽出那封信，在灯上烧了。宋江这才整理好衣服，故作镇静地往楼梯口走去。

阎婆听见喊声跑了上来，看到女儿倒在血泊里，吓得说不出话来。宋江说："是我失手把她杀了，我还有一些家产，保证你以后丰衣足食。你去买口棺材，银钱由我来付。"阎婆口头答应，等到宋江走出门外时，阎婆大声喊叫起来："宋江杀人了！宋江杀人了！"宋江心里惊慌，赶忙逃走。

阎婆告到官府，县衙到处搜捕宋江。在都头朱仝、雷横的帮助下，宋江回家见了老父亲和弟弟，拜别了家人，背上包裹，拿着把刀，直奔沧州投奔柴进去了。

宋江到了沧州见到柴进，相互问候后，宋江就说："我只是郓城县里的一个小官，杀了人，官府到处捉拿我。我无处可藏，只好来投奔柴大官人。"柴进说："哥哥放心，你就在我的庄园上安心住着，没人敢来这里抓人。"

第十一回

 武松景阳冈打虎

　　宋江就在柴进的庄上住下了。这天晚上，宋江出去解手，不小心踩到一个在走廊上烤火的汉子。那大汉跳起来，揪住宋江喝道："什么鸟人敢来踩我？"柴进听到骂声忙赶出来说："怎么这么没礼貌，这位是贵客。你不认得这位押司？"大汉说："什么押司？他比得上郓城县的宋押司吗？"柴进大笑，指着宋江说："他就是及时雨宋江。"那大汉忙叩头拜道："是我有眼不识泰山，请宋公明哥哥见谅。"

　　宋江扶起大汉问："你是哪位好汉？"柴进说："他是清河县人，姓武名松，排行第二，在这里已经住了一年了。"宋江说："江湖上早就听说武二郎的大名，没想到竟在这里相见，真是有缘啊，武松兄弟你怎么会在这里啊？"

　　武松答道："一年前，我在清河县喝醉酒，和一个县官吵起来，一拳把他打倒，我以为他死了，就逃到柴大官人这里来避难，后来听说那人没死，就想回去，可是偏偏自己又生了病，拖到现在也没回去。"武松在柴进庄上住了些日子，病已经痊愈，这天他收拾好行李拿着哨棒就要回家。柴进、宋江都拿出银子给他。武松谢道："在这里打扰大官人这么久，以后有机会一定报答你的恩情。"宋江出来送他,一直送出七八里地,两人谈得很投机,就结拜为兄弟。两人最终告别。

这天武松走到阳谷县景阳冈下,看见一家酒店酒旗上写着"三碗不过冈",就进店买酒喝。老板把三碗酒放在他面前。武松一口气喝完,喊道:"再筛三碗来!"老板说:"三碗不过冈,你已经喝了三碗,不能再喝了。"武松问:"什么叫三碗不过冈?"老板说:"我这酒喝三碗就醉了,过不了景阳冈,所以叫三碗不过冈。"武松说:"我已经喝了三碗,怎么还没醉?"老板说:"这酒叫出门倒,刚入口很好喝,一会儿就醉倒了。"武松呵斥道:"废话少说,我又不是不给你钱,再筛三碗来。"老板没有办法,只得又筛三碗给他。这样,武松接连喝了十八碗酒。

武松吃饱喝足,手提哨棒出门要走,老板忙上来拦住他,说:"如今景阳冈来了一只老虎,已经吃了二三十个人,官府只允许百姓白天结伴过冈。你今晚在我店里休息,明天再过冈。"武松笑道:"你留我在你店里,该不会是想半夜三更谋财害命吧。不要用老虎来吓我,就是真有老虎,我也不怕!"老板说:"你是狗咬吕洞宾不识好人心!你不相信,就去送死吧。"

武松趁着酒兴走到一个破烂不堪的山神庙前,看见庙门上贴着榜文,走近一看上面果然写着有老虎出没,要过冈人结伴而行。武松这才知道真的有老虎,想转身下冈,但又怕现在返回去让人家笑话。心想:"怕它个鸟!看它能把我怎么样?"

武松走了一阵，酒劲渐渐上来，摇摇晃晃地到了冈上。太阳已经落山了，他四下张望，别说老虎，就连只兔子也没看见，也就放下心来。他想在一块大青石上睡一觉，刚要躺下，突然刮来一阵强风，风过后，从树林中呼地跳出一只吊睛白额大老虎来。武松"哎呀"一声跳了起来，抓起哨棒躲在青石后面。老虎又饥又渴，两眼紧盯武松，两只前爪在地上一按，纵身往上一扑，从半空中窜下来。武松一惊，酒都变成冷汗冒了出来，急忙一闪，躲到老虎背后。老虎把前爪撑在地上，用后爪猛掀过来，武松纵身一闪，躲过老虎的后爪。

老虎吼了一声，震得地动山摇，转过身来。将铁棒似的尾巴倒竖着横扫过来，武松又闪在一边。老虎吃人，全靠这一扑、一掀、一扫三门绝招，三门绝招一使出来，力气就用去了一大半。老虎重复了刚才的招数又发起了进攻，只见它再吼一声，又转过身来，武松趁机双手抡起哨棒，使劲劈了下去。只听啪哒一声响，哨棒打在松树枝上，把树枝打断，哨棒也断成两截。老虎咆哮一声，再次扑向武松。武松纵身一跳，向后退了十多步，老虎恰好落在他的面前。武松丢掉半截哨棒，转身一跳，骑在老虎身上，两手抓住老虎头顶花皮，把老虎头使劲往地上按。老虎想挣扎，却动都动不了。武松抬起右脚，向老虎的脸上、眼睛上一阵乱踢。老虎疼得怪叫，双爪在地上刨出个坑来。武松趁机把虎头按在坑里，老虎更没了力气。武松左手死死揪住老虎头顶花皮，抽出右手紧握铁拳，使出平生力气，往老虎耳门上打了六七十拳。老虎七窍顿时迸出鲜血来，不动了。武松怕老虎还没死，捡起半截

武松打虎

棍棒,又打了一阵。确认老虎死后,他想把死虎拖下冈去,这时他才发现自己已经筋疲力尽,怎么拖都拖不动。原来刚才使尽了力气,这会儿手脚都酥软了。

武松先坐在青石板上休息了一会儿才向山下走去。突然又从草丛里钻出两只老虎。武松倒吸了一口凉气,心想,完了,这下彻底完了。他闭上眼只等老虎靠近,谁知那两只老虎却站起来说人话,武松定睛一看,原来是猎户打扮成老虎的模样。其中一个披着虎皮的猎户问道:"你是什么人?怎么敢一个人夜间过冈?不怕老虎吃了你?"武松道:"我叫武松。老虎被我打死了。"两个猎户同时笑出声来,一个说道:"你小子牛皮吹大了吧,老虎被你打死了,谁信啊?"武松说:"我没力气跟你们胡扯,现在就带你们去找那只死老虎。"两个猎户吹了一声口哨,周围突然亮起了许多火把,原来几十个猎户都埋伏在这座山上等待老虎的出现。

武松领着猎户们去找死老虎,看到那只吊睛白额大老虎,猎户们又惊又喜,把老虎放在木板床上抬下冈,又给武松披上红缎,敲锣打鼓把他拥进阳谷县城。人们听说后纷纷出来看打虎英雄武松和那只死老虎。

武松到了县衙,知县说:"武壮士为本县除了一大害,赏钱一千贯。"武松在路上听猎户们说因为打虎不力,每个猎户都被罚了款,他就把钱全给了猎户。知县见武松不但有一身好功夫还忠厚仁慈,就要留他在县里做都头,武松也没推辞,就留在了阳谷县县衙。

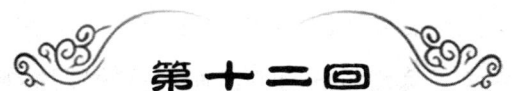

第十二回

 武松除奸祭哥哥

武松虽然在阳谷县县衙做事,但心里却时时刻刻惦记着在清河县里的哥哥武大郎。武大郎生得矮小,面目丑陋,人称三寸丁谷树皮,以卖烧饼养家糊口。这天,武松在街上闲逛,突然看见一个人长得很像自己的哥哥,武松忙上前一看,叫道:"哥哥!"那人挑着担正在卖烧饼,听到声音,抬起头,原来真是武大郎。武松忙对自己的哥哥行礼,问道:"一年多不见,哥哥怎么会在这里?"武大郎见到自己的弟弟,高兴得咧嘴笑了,露出满口黑牙。他扶起武松,说:"我刚娶了老婆,名叫潘金莲。清河县人欺负我,我们就搬到阳谷县。走,一起回家去,见见你嫂嫂。"

两人一起回了家,武松拜过自己的嫂嫂。年轻俊俏的潘金莲看着高大英俊的武松,心里一动,竟看得呆了,武大郎推了推她,潘金莲脸上立刻堆满了笑容,问道:"叔叔什么时候到阳谷县的?住在哪里?"武松一一回答。潘金莲原来是财主家的丫鬟,长得很漂亮,不得已才嫁给武大郎。潘金莲摆好酒菜,一双眼却直盯着武松,武松只顾低着头喝酒,不理睬她。潘金莲说:"叔叔搬回家里来住吧,否则外人会笑话我,说我这当嫂嫂的太厉害，容不得自家兄弟。你回来不就是添副碗筷的事嘛。"武大郎也劝道："你就听嫂嫂的，搬来住吧。"

　　武松搬到哥哥家里。一天，潘金莲趁武松拨火炉里的火时端了杯酒走来，在武松肩上捏了捏，说："叔叔穿得这么少，不冷吗？"武松没有理她。潘金莲把酒喝了一半，向武松抛了个媚眼，把酒杯递给武松说："叔叔要是有心的话，就喝了这半杯酒。"说完俯身摸了摸武松的肩膀。武松夺过酒杯，把酒洒在地上，说："嫂子还是自重点，武松是顶天立地的男子汉，不是没有人伦的猪狗！嫂子要是做了对不起我哥哥的事，我这拳头可是不认人的！"说完气愤地走了出去。武大郎回来见潘金莲哭哭啼啼的，就问："谁欺负你了？"潘金莲说："还能有谁？我看你家兄弟冒着大雪回来，连忙给他温酒，没想到他竟要来非礼我。"武大郎说："我弟弟从来老实，我知道他不是那种人。你别说了，免得邻居们笑话。"

　　阳谷县知县想给东京的官员送点礼，打通关节，以便升迁，叫来武松说："我想给东京的朋友送些礼物，又怕路上出什么意外，你办事谨慎，功夫又好，让你去这一趟我才能放心。"武松表示一定会尽力送到。武松临走前回去跟他哥哥告别，他对武大郎和潘金莲说："大哥每天还是晚出早归的好，大嫂是个精明人，要明白篱笆牢了狗进不来的道理。"潘金莲一听火了："我自从嫁给武大郎，家里连个蚂蚁也不敢爬进来，你都在胡说些什么！"武松走后，武大郎牢记兄弟的嘱咐，每天很迟出门，早早地回家。潘金莲心里烦闷，常常在阁楼上四处张望。

　　冬天过去,天气转暖。一天,潘金莲用竹竿挑窗帘,不小心失手,竹竿滑落,恰巧打在过路的西门庆头上,潘金莲连忙道歉。西门庆见是年轻靓丽的女人,正羞答答地看着他,西门庆心里一动,看得入了神,笑着说:"没关系的,小娘子不用担心。"西门庆连忙向街对面开茶馆的王婆打听潘金莲。王婆说:"她老公就是街上卖烧饼的武大郎。"西门庆叹息道:"是三寸丁谷树皮啊!真是一朵鲜花插在牛粪上,这么好的美人就这么被糟蹋了!"王婆说:"古话说得好'漂亮妻子常伴着丑丈夫睡',这都是月老配的,没有办法呀。"西门庆说:"我看见那女人的第一眼,就像掉了魂儿。大娘有的是手段,要能帮我把潘金莲搞到手,我一定重重地谢你。"王婆想了一下说:"好,我请她帮我做寿衣,把她带到我家里,你装作不经意到我店里喝茶,到时就等着好好快活吧。"说完,两人相视一笑,西门庆早已是神情恍惚,如痴如醉了。

　　王婆按计划叫潘金莲到她家里帮她做寿衣,她刚在王婆房间里坐下,西门庆一副悠闲自得的样子,走了进来。王婆对潘金莲说:"这位是西门大官人,我这寿衣的布料就是他给我买的。这位大官人开着好几家药铺,家里有的是钱,是我们阳谷县的首富。今天刚好碰到一起,我去买点酒食,大家一起喝一杯,你们先说说话,一会我就回来。"西门庆连忙掏出银子,打发王婆去买酒菜。王婆一走,西门庆忙把房门关上,眼睛盯着潘金莲,说:"小娘子,那天你那一竿把我魂都打没了,你这小美人。"说完就开始不安分起来。俗话说苍蝇不叮无缝的蛋,潘金莲自从那天见了西门庆,见他对自己那馋样,又见他风度翩翩,想来应该是个有钱的公子哥,就在心里暗暗对他有了几分意思。潘金莲听了西门庆挑逗的话,不禁一阵心动,装出风情万种的样子,把西门庆弄得更是心旌荡漾。不一会,王婆买回酒菜,故意敲了敲门,房里两人缓过神来。三个人互相劝酒,喝了一会儿,王婆说:"没酒了,我到外边买去,你们俩先喝着。"说完起身走了出去,并且反锁了房门,却在门前坐了下来。

西门庆故意用衣袖将筷子拂到地上,蹲下去捡筷子,趁机摸潘金莲的脚。潘金莲笑问:"你是真的想要我?"西门庆跪下说:"请小娘子可怜我对你的一片痴情。"潘金莲把西门庆搂起来,西门庆一起身,紧紧抱着潘金莲,向床上拥去。两人在床上一番云雨过后,恋恋不舍地分开了。从此两人天天在王婆家幽会,西门庆给了王婆不少银子,王婆乐得合不拢嘴,每天就坐在门前给他们把风。县里有个卖水果的郓哥,常给西门庆送些新鲜水果。这天提着一筐雪梨,找到王婆家。王婆不让他进门,郓哥笑道:"我卖梨给西门大官人,好赚几个钱。你不能独吞了所有好处呀,我什么都知道!"王婆站起来骂道:"小兔崽子,少在这里放屁!"郓哥回骂道:"我是兔崽子,你是老鸨子。"王婆气得照郓哥头上一阵捶打,把篮子夺过来摔在地上,顿时雪梨满地乱滚,郓哥一边哭骂一边捡梨。

郓哥在街上卖梨,武大郎常常给郓哥烧饼吃,两人关系一直挺好。郓哥替武大郎抱不平,就到街上找到武大郎,说:"几天不见,你倒吃得越来越肥啦!"武大郎不明白什么意思,说:"我一直都是这个样子的啊。"郓哥说:"看你圆滚滚的,倒提着也可以,煮在锅里也没气!"武大郎生气地说:"我老婆不偷汉子,你怎么说我是鸭子?"郓哥说:"你早戴上绿帽子了。"武大郎道:"郓哥,你可别乱说话,你指的是谁?"郓哥说:"是西门庆。他俩成天在王婆家里快活。你这家伙到现在还被蒙在鼓里,走,我帮你去捉奸。"武大郎一听,气不打一处来,跟着郓哥直奔王婆家。

郓哥和武大郎来到王婆家门外,郓哥拉住王婆,武大郎直奔屋里。王婆大喊:"武大郎来了。"两人正在水深火热之时,西门庆一听,来不及穿上衣服,就慌得直往床底下钻,潘金莲听了,翻身跑到门后顶住房门。潘金莲故意激怒西门庆,说:"平常你这鸟人吹自己有一身好功夫,关键的时候就掉链子!瞧你现在这熊样!"西门庆火起,从床底钻了出来,披了件外套,说:"你开门,我就不信了,我堂堂西门庆还要怕这三寸丁!"门开了,潘金莲躲在门后,武大郎冲进来,还不等武大郎说话,西门庆一脚踢中他的心窝,武大郎顿时倒在地上,西门庆冲出门逃走了。

武大郎连续几天在家里养伤。潘金莲还是趁机跑到王婆家,对王婆、西门庆说:"武大郎伤得不轻,一直躺在床上,他弟弟武松回来可怎么办啊?他可是不好惹啊!"西门庆害怕地说:"是呀,那武松赤手空拳打死了老虎,回来了怎么会放过我们?"王婆在一旁故作思考,问:"你俩要做长夫妻还是短夫妻?"西门庆反问:"什么是长什么是短?"王婆说:"要短,你们现在就分手;要长,你从药铺里拿些砒霜来,让娘子放在药里给他吃。他死了，你们不就做长夫妻了吗？"潘金莲虽然心里害怕，但想想这样一来自己可以永远靠着西门庆了，胆也就大了起来。西门庆眼睛露出凶光，狠狠地对她们说道："就这么办！"第二天一早，西门庆拿来了砒霜。潘金莲把砒霜放在汤药里，给武大郎喝了一口。武大郎说："这药真难喝，怎么这么苦啊。"潘金莲说："不要管药到底难不难喝，能治病就行，大郎，你赶紧喝了吧，喝了病才能好啊。"说着将一大碗药用力地灌进武大郎的嘴里，武大郎被呛得直咳嗽。

潘金莲吓出一身冷汗，赶忙逃出房间。过了一会武大郎大叫："肚子痛，肚子痛死了。"潘金莲慌忙跑进房间说："医生说了，吃完药要捂出一阵汗，大郎你别叫啊。"说完跳上床，骑在武大郎身上，攥住被子使劲捂住武大郎的头。武大郎闷得喘不过气来，双腿不停地挣扎，身体在被窝里扭动着，过了一会，武大郎的腿伸得笔直，不动了。

武松从东京回来，刚到县上，就有人告诉自己说自己的哥哥没了，痛哭不已，想来自己从小没了爹娘是哥哥一手把自己抚养大，还没来得及报答哥哥，哥哥却突然离世。他一面伤心，一面觉得疑惑，自己走时哥哥还好好的，才两个月不到，哥哥就突然暴毙。赶到哥哥家，看见灵堂，武松心里更是阵阵酸楚，他忍住泪水，问潘金莲："我哥是什么时候走的？得的什么病？吃的是谁家的药？"潘金莲说："他害的是心疼急病，病了八九天，什么药也不吃就死了，丢下我一个人好可怜啊！"说完用衣袖遮住脸假惺惺地哭了起来。武松又问："是谁验的尸？现在埋在哪里？"潘金莲说："是何九叔装殓帮着抬出去的。我一个女人家，在阳谷县里人生地不熟的，找不到坟地，在家放了三天，就抬出去火化了。"说完，又故意掩面啼哭，一边哭一边喊叫："大郎啊，你怎么这么狠心丢下我一个人啊！"

第二天，武松请何九叔喝酒，喝了几杯后，武松拔出尖刀插在桌上，说："冤有头债有主，九叔别怕，只要你老老实实说出我大哥是怎么死的，就与你无关。如果有半句假话，别怪我武松不客气！"何九叔颤巍巍地从布包里拿出十两银子和两块酥黑骨头，说："这十两银子是西门庆给我的，他要我验武大郎尸体时，凡事要掩盖。西门庆有权有势，我要是当时就说实话，他肯定不会放过我的。验尸时我见武大郎面目紫黑，七窍里有瘀血，火化后骨头酥黑，就知他是中毒死的。"

武松说："大家都说是我嫂嫂通奸害死我哥哥，你告诉我，害死我哥哥的奸夫到底是谁？"何九叔说："这我没亲眼看见不敢乱说，卖梨的郓哥曾和武大郎在王婆家里捉奸，你去找他问问就清楚了。"武松收起刀，说："好，既然这样，你带我去找郓哥。"何九叔领着武松找到郓哥，武松直接问道："郓哥，你可知道我嫂嫂与谁通奸，害死我哥哥？"郓哥自从上次从王婆家里出来，就被西门庆叫人痛打了一顿。现在脸上还挂着伤，他支支吾吾地就是不说。武松心里一急，嚓的一声拔出刀，说："郓哥，你不用害怕，只要你说实话，我保你没事，你要不说，就别怪我不客气！"郓哥这才边说边哭："是西门庆，他叫人打我，说我要是把实话告诉你，他就杀了我。那天……"郓哥把捉奸前后武大郎被打的事详细地讲了一遍。

武松听得满脸泪水,大吼一声:"我可怜的哥哥,不给你申冤,我枉活一世啊!"

武松就领着何九叔和郓哥来见知县,说:"我大嫂潘金莲和西门庆通奸,用毒药害死小人的哥哥武大郎。这两人都可以作证,请大人做主。"西门庆早已用大把大把的钱买通知县,那知县说道:"捉奸要捉双,捉贼要捉赃,如今尸首都火化了,怎么证明人家杀人?"武松拿出骨头和银子为证,知县却说:"不要听那些人胡说八道,谁能证明这骨头是武大郎身上的?"说完挥手叫他们走开,不要胡搅蛮缠。武松心里气愤,但又奈何不了知县。

武松起身回家,请来左邻右舍,又把王婆、潘金莲叫到武大郎灵前,抽出尖刀,放在桌上,说:"各位邻里给我做个见证。"他揪住潘金莲,指着王婆说:"快说你们是怎么害死我哥哥的! 不说,我让你们马上人头落地!"潘金莲怕死,只好招供。

王婆见潘金莲如实招了,骂道:"贱人,你先招了,我怎么能赖得过!"也就招了,武松把潘金莲拖到武大郎灵位前,说:"哥哥,今天我要给你报仇雪恨!"说完,一刀砍下潘金莲的头,在座的邻居们都吓得慌忙从侧门跑开,王婆更是吓得摔倒在门槛上。武松大步向前,提起王婆,把她绑在武大郎灵牌前。

武松提着潘金莲的人头登上狮子楼,把人头砸向正在喝酒寻欢的西门庆。西门庆惊叫一声,跳了起来,围在他身边的妓女吓得四散逃开。西门庆挥拳向武松打来,武松顺势左手抓住西门庆的脖子,右手抓住他的腿,说声"混蛋!竟敢杀害我哥哥,去死吧你!"把西门庆扔到楼下街上。西门庆挣扎着爬起来逃命,武松从楼上的窗户纵身一跃,刚好压在西门庆身上。他攥紧拳头往西门庆脑门就是重重一拳。西门庆使劲想挣脱,武松抽出尖刀,咔嚓一声,西门庆的头就滚到了一边。

武松把西门庆的头与潘金莲的头一同提回家,放在武大郎灵牌前,用酒浇奠,说:"哥哥,我杀了奸夫淫妇,给你报了仇,愿哥哥泉下有知,早升天界。"祭奠完,他押着王婆,提着两颗人头,去县衙自首。知县见了,大吃一惊。

知县知道武松是个仗义的烈汉,想想反正西门庆已经死了,也没什么好怕的,于是从轻判案,判在武松脸上刺字,发配到孟州。

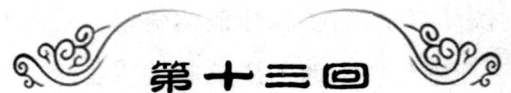

第十三回

## 武二郎醉打蒋门神

武松戴着刑具,由两个差役押送,离开阳谷县,顶着烈日翻山越岭,向孟州牢城走去。

这天,两个差役押着武松来到十字坡酒店,武松见老板娘身材粗壮,穿红戴绿,眼放凶光,知道这店不是什么干净地方。老板娘说:"客人,小店有好酒好肉,还有大肉包子,吃了再走吧,保证你吃得痛快!"两眼直盯着武松身上的包裹。他们走进店里坐下,两个差役把武松的枷解下来。老板娘端来酒、肉和包子,武松扒开包子一看,叫道:"老板娘,这是人肉的还是狗肉的?"那女人笑嘻嘻地道:"客人拿我开玩笑嘛,我们这哪有人肉包子,我家包子是黄牛肉的。"

武松说:"江湖上人们都说,'大树十字坡,客人谁敢过!肥的做包馅,瘦的去填河。'"那女人道:"客人,这是你捏造出来的吧,哪有这回事啊!"武松道:"我看包子里有几根毛,像是人小便处的毛,所以才猜疑。"那女人哈哈大笑,也不回答,只顾在一边擦桌子,时不时又向他们三人瞟上一眼。两个差役只顾喝酒,武松端起酒杯看了看,见酒有点浑,知道放了蒙汗药,就说:"老板娘,你再给切两斤肉来。"他等女人转身进去厨房,忙把酒倒在墙角,假装喝了酒,咂咂嘴,说:"好酒,真是好酒!"

那女人出来拍着手,说:"倒啦,倒啦。"两个差役只觉得天旋地转,扑通一声倒在地上。武松也假装闭上眼睛仰倒在地上,那女人看着武松笑道:"行啦,还以为你有多聪明,还不是照样被我收拾了。"她刚说完,从里屋跳出三个大汉,一人一个把两个差役搬了进去。那女人拿起武松的包裹,说:"有这三个死鬼,倒有两天好包子卖,又白白得到这些东西。"

那女人走到武松跟前,说:"这个胖些,做黄牛肉卖。"说完就让另一个大汉把武松扛走,武松故意运力,大汉提不动。老板娘直骂:"没用的东西,这么点事,还要老娘我亲自动手。"说完,脱去外衣,只穿了件肚兜,蹲下身子把武松提起来要走。武松趁势一拽,把这女人摁倒在地上。那女人没有防备,被武松死死摁着,她杀猪似的叫起来:"好汉饶命!"这时,一个汉子从外边跑进来,叫道:"好汉手下留情,请问尊姓大名?"武松放开手站起来,报了姓名。那人问:"是景阳冈打虎的英雄?"武松说:"正是我。"那人说:"我老婆有眼不识泰山,请兄弟不要跟她计较。"

武松说:"看你们也不是一般人,为什么要开这黑店?"那人说:"我叫张青,人称菜园子。我老婆叫孙二娘,人称母夜叉。因为杀了人躲在这里开店。遇到有钱的,用蒙汗药麻倒杀死,大块好肉当牛肉卖,零碎肉做包子。我说过她好几次了,叫她三种人千万不能害:第一,出家人;第二,走江湖的;第三,流放的配军。她就是不听。上次来了个胖和尚,被我老婆麻翻了，我看那禅杖非同一般，忙救过来，一问才知道是鲁智深大师。我跟他结拜做兄弟，他去了二龙山，跟青面兽杨志夺了宝珠寺在山上安家。"

张青又问："武兄弟犯了什么罪，刺配到哪里？"武松把为哥哥报仇，刺配孟州事说了一遍。张青说："要我看，倒不如把那两个差役结果了，你在我这里住几天，然后到二龙山找鲁大师安身。"武松说："我一辈子只打硬汉，两位差役一路上对我不错，如果害了他们，良心上不安。我也早听说鲁、杨两位的大名，有机会一定会去拜访的。"张青见武松为人忠厚，就忙叫孙二娘放了两位差役。一直站在一旁不吭声的孙二娘这才想起，大叫一声："不好了！两位差人怕是已经上了砧板了！"慌忙跑进厨房，厨房里热气腾腾，她店里的大汉正在磨刀。两位差役已经被洗净放在砧板上，孙二娘忙叫他们停手。

第二天一早，两位差人都说，昨晚梦见自己泡在热水里，还听到磨刀的声音，躺在一旁的武松听了，暗暗发笑。

武松在张青店里住了几天，来到牢城里。牢头喝道："除掉刑具，打一百杀威棒！"武松说："打吧，我要是闪躲一棒，喊叫一声，就不是好汉！"牢头正要命令士兵下手，旁边站着的一个年轻人，走过去在牢头耳边叽叽咕咕说了些什么，牢头连连点头，脸色变得温和起来。武松见那年轻人手上还裹着纱布，好像受了伤。牢头问："武松，你在路上生过病吧？"武松大声说道："没有，酒也喝得，肉也吃得，路也走得，身体好得很。"士兵低声对武松说："快说有病，就可以不用挨这一百杀威棒。"武松说:"我哪里有病?"牢头有意帮他,故意说:"武松病还没好,现在就不打了。"

武松住进干净的单人间,每天都有好酒好肉送过来。开始几天,武松想管他那么多,有酒有肉只管吃,也就没问什么。又过了几天,仍是好酒好肉,武松心里很是奇怪,问士兵:"这酒肉是谁叫你送进来的?"士兵回答道:"是牢头的儿子,名叫施恩。就是那天牢头要打你杀威棒时,站在牢头身边的那个年轻人。"武松说:"就是那个裹着纱布的后生。"士兵说:"对。"武松又说:"你去把他叫来,我要见他。"

施恩来了,一见武松就下拜。武松答礼道:"我只是个阶下囚,你整天好酒好肉地款待,我无功受禄,吃得不安心。"施恩说:"早听说打虎英雄的大名,等大哥身体养好了,小弟有事求你。"

武松说:"小牢头,有话只管说,不用这么婆婆妈妈的,我身体现在好得很。"说完搬起旁边一块重达千斤的大石桌。施恩拍手叫道:"好汉果然神武。我从小学过拳棒,人称金眼彪,在东门外快活林开了家酒店,每月有二三百两银子赚,没想到酒店被蒋门神霸占,想请大哥帮我报仇雪恨!"武松问:"蒋门神是什么人?"施恩说:"是新来的张团练的手下,身材高大,有一手好功夫,前些日子我去要回酒店,他不但不给还把小弟打伤,到现在还没好。"武松说:"这事好办,我去帮你夺回快活林就是了。"

过了几天,施恩来请武松,说:"今天去快活林,哥哥有什么要求?"武松道:"无三不过望。"施恩问:"什么是无三不过望?"武松说:"每遇着一个酒店,不喝三碗酒就不走,就叫无三不过望。"施恩忙说:"从这里到快活林有十多家酒店,哥哥岂不是要喝三十多碗酒?喝醉了可怎么办?怎么还有力气跟蒋门神打?"武松笑着说:"我是没酒没本事,喝酒才能真正发力。在景阳冈我可是喝醉酒才打死老虎的。"说完,哈哈大笑。施恩心想,三十多碗酒下去,不醉倒才怪,哪还有力气打架。但他又说不动武松,只好让武松一路大喝,自己暗自替他担心。

武松一路狂喝,摇摇晃晃地来到快活林酒店,叫道:"上酒。"酒保送酒过来。武松喝了一口就"哇"一声吐在地上,说:"这什么鸟酒,这么难喝,换好酒来!"酒保不吭声又换了一壶。武松喝了一口,问道:"老板姓什么?"酒保说:"姓蒋。"武松瞪着眼说:"怎么姓蒋,为什么不姓李?"坐在柜台前的蒋门神的老婆叫道:"你这小子喝醉了,来这里闹事!"

武松故意转过身看着那女人,说:"你是蒋门神的老婆,来,小娘子过来陪大爷我喝酒。"那女人骂道:"该死的流氓,你这是欠揍!"边说边推开柜门奔了过来。武松一把抓住那女人,提起来往酒缸里一丢,只听扑通一声,那女人被摔进酒缸里。这时从后边跑出几个汉子来,武松把跑在前面的两个丢进另外两口酒缸里,又把后面跟来的汉子一阵拳打脚踢。

蒋门神听到打斗声赶了过来,以为武松喝醉了酒,应该没什么力气,一拳打来。武松虚晃一招,转身就跑,蒋门神追了过去。武松突然回身一脚,踢中蒋门神小腹,接着又是一脚,踢在蒋门神的额头上,蒋门神往后一倒,跌翻在地上。武松上前一手扼住蒋门神,一手攥紧拳头往蒋门神脑袋上砸。

蒋门神招架不住,大叫饶命。武松说:"想让我饶了你可以,你必须答应我三个条件。第一,你立即把快活林还给施恩,酒店一切用具不许拿走;第二,你请来当地有头有脸的人物,当众给施恩赔礼道歉;第三,你马上给我滚出孟州。你要是不走,我看见你就打,直到把你打死!"蒋门神忙说:"听你的! 听你的!"武松一把提起蒋门神,一转身,把他重重地摔回地上。武松说:"别说你,就是景阳冈上的老虎,我三拳两脚就打死了,你的脑袋还能比老虎的硬! 现在就给我滚!"蒋门神连忙从地上挣扎着爬起来,一瘸一拐地跑了。他这才知道对手是武松,现在也只有逃命的份了。

从此,那快活林酒店又回到施恩手里,但是蒋门神从这时起也对武松恨得咬牙切齿。

一天,武松和施恩正在店里喝酒,突然来了三个士兵找武松。施恩问:"找他干什么?"士兵说:"张都监请武松去一趟。"张都监是牢头的上司,武松只得去见。张都监见武松来了,忙笑道:"早听说你是个仗义的汉子,和朋友同生死共患难。我要收你做亲随,以后你就在府里为我做事吧。"武松一听,连忙拜谢道:"我只是个囚徒,大人这么看得起我,我一定尽力服侍大人。"从此武松就留在都监府。张都监对武松极为热情,每天好酒好肉款待他,还给他配了个名叫玉兰的丫头。玉兰对武松很是体贴,嘴巴也很甜,哥哥长,哥哥短地叫着,武松觉得总算过上点舒心的日子了。可幸福似乎来得太突然了,这种平静安稳的日子很快就结束了。

中秋夜,武松在月光下练棒,忽然听到"贼,有贼"的喊声,他连忙跑到后花园捉贼,没想到突然飞出一条板凳把他绊倒。七八个士兵从暗处闪出来,不容分说把他捆了起来。武松被拖到大厅,士兵们叫道:"大人,贼人抓到了。"张都监一看是武松,气冲冲地指着武松骂道:"你这贼配军,我看得起你才留你在我府上,你反而恩将仇报偷我的东西!"武松申辩道:"大人,我没有啊,我也不知道怎么回事,他们就绑了我,肯定是搞错了!"刚说完,只见两个士兵抬出他房里的衣箱,从里面掏出金银器具。张都监呵斥道:"你还有什么话说?赃物都已经从你衣箱里找到!"武松看着旁边的人,看到玉兰,他狠狠地瞪了玉兰一眼,自己的房间一直是玉兰收拾的,这些东西一定是她趁机放进去的。他叫道:"我把你当成妹妹一样疼爱,你却陷害我,这到底是为什么?"那丫头看着武松,直摇头,也不说话。武松这才知道原来这一切都只是个圈套。

武松被打进了大牢,施恩得到消息赶忙带上银子找到看管武松的康牢头。康牢头说:"实话告诉你吧,这事是张团练和张都监定下的计,蒋门神就在张团练家里躲着。上上下下,蒋门神都使了钱,一定要致武松于死地。"施恩通过康牢头,三次到监牢探望武松,给武松留了不少银子,又打点了狱卒,武松在牢里也没吃多少苦头。施恩又给了知府不少银两,知府升堂判决,判武松二十大板,刺配恩州。两个差役押着武松出了城,施恩来送他。只见施恩包着头,吊着胳膊。武松问施恩:"你怎么又受伤了?"施恩说:"蒋门神又抢了快活林,还把我搭上。哥哥你就别再管我了,自己路上小心点。"施恩拿出两件棉衣,一兜银子,拴在武松身上,又把两只烧鹅挂在刑枷上,轻声提醒武松,要提防这两个差役。施恩交代完就回去了。

三人走了几里地,只见路旁等着两位大汉,各自拿着大刀。两位大汉与差役使了个眼色。就跟在三人后面走。走到一座名叫"飞云浦"的桥上。那两个大汉提着刀赶上来,武松喝道:"下去!"一脚先踢中一个,栽下桥去。另一个转身想跑,武松又是一脚,也栽了下去。两个差役吓得就要跑,武松一使劲把枷挣开,大步赶上,一刀一个结果了他们。武松跑下桥去,上去先砍翻了一个。另一个爬起来要跑,武松一把揪住他,问道:"是谁派你们来的,为什么要害我?"那人忙说:"我们是蒋门神的徒弟,师父和张团练让我们和差役一齐结果了好汉。"他又问:"蒋门神现在在哪里?"那人说:"他们都在张都监家的鸳鸯楼上喝酒,特地等我们回报。"武松大怒,一刀把他杀了。

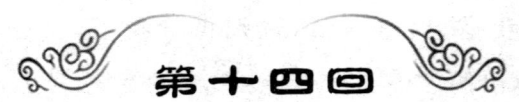

第十四回

血溅鸳鸯楼

　　武松进了城，天色渐渐暗下来。他翻墙进了都监府，爬上鸳鸯楼，躲在楼梯下，听见蒋门神说："多亏张大人替小人出了这口恶气，我一定会重重报答大人的。"张都监说："我是看在张团练面子上才办这件事的，都过了这么久，那几个人怎么还不回来报告？"又一个声音说："大人放心，四个人对付他一个，这会儿恐怕他已经见阎王去了。"

　　武松听到这，顿时心头火起，一脚踹门进去，那三人一见是武松，都惊呆了，手里的酒杯"啪"一声掉在地上。蒋门神还没来得及反应，武松一刀砍下，把他连人带椅劈成两半。张都监刚要跑，武松一转身一刀砍在他脖子上，张都监那头立刻飞了出去。张团练是武官出身，有些功夫，他抓起一把座椅劈了过去。武松接住椅子，就势一推，把张团练推倒，上去一刀，割下了他的脑袋。

　　武松连杀三人，定了定神，看着倒在血泊中的三人，说："我武松英雄一世，却屡遭你们这些小人的陷害，今天你们被我杀了，是死有余辜。"说完，就要走，他忽然想到：我这一走倒没什么，可能会连累施恩他们。大丈夫一人做事一人当，更何况施恩对我不薄，我就在墙上写上几个字，告诉他们人是我武松杀的，要算账冲我来。想到这，他一转身见桌上有酒有肉，端起酒壶一饮而尽。然后，又从死尸身上撕下一块衣布，蘸了血，在墙上写下八个大字："杀人者打虎武松也！"

写完，转身要下楼，忽然听到楼下张都监的老婆叫道："老爷们都醉了，快叫两个人去扶一下。"说完，有两个人上了楼。武松闪到楼梯旁，见上来的两个人，正是那天捉拿自己的人，趁他们不注意，一刀一个，只两下就结果了他们。武松下了楼，张都监的老婆迎面走来，武松想：这女人也不是什么好东西，唆使她丈夫聚敛钱财，不能放过她。手起刀落，那女人也成了刀下鬼。武松抬腿就跑，逃出孟州城。

武松走到一座树林里，又累又困，就解下包裹当枕头，躺下睡了。这时来了四个大汉悄悄走到他身边，一齐上去把他按住，用绳子捆了。其中一个说："这汉子挺肥，等大哥大嫂看了，由我来剥！"武松被拖进一间屋里，绑在柱子上。他见灶边梁上挂着两条人腿，知道这一定不是什么好地方。不一会儿，进来一男一女看了看武松，女的惊叫道："这不是武松叔叔吗？"男的忙吩咐道："快解下我兄弟！"武松一看，是张青和孙二娘。

武松在张青店里住了几天，外边到处贴着缉拿他的公文。张青对武松说："二哥，不是我怕事，如今官府搜捕得很紧，你不能留在这里了，我看你还是到二龙山宝珠寺投奔鲁智深和杨志去吧。"武松说道："我也正想和大哥商量这事，我今天就走。"孙二娘说："叔叔这样走，半路上会叫人认出来抓

打扁玉松也杀人专

血溅鸳鸯楼

去的。前年有个和尚死在我们手里，衣服、念珠、界箍儿都还在，你若打扮成出家人，别人就认不出来了。"

孙二娘说着帮武松换好衣服，解开头发，将界箍儿箍起，挂起念珠。张青看了喝彩道："兄弟真是前世注定的佛缘啊，像极了。"武松也说："我杀了这么多人，看来今生注定要修行的。"

武松带着张青的书信，离开了十字坡酒店。这天走到孔家庄，碰到宋江。自从在柴进家分手后，宋江就来到孔家庄。武松在这里结识了毛头星孔明和独火星孔亮。他告诉宋江自己在孟州杀了张都监，不得不到二龙山去入伙。

宋江说："清风寨寨主小李广花荣听说我杀了人，来信叫我去他那里，这里离清风寨不远，我明天就去。"武松劝道："哥哥还是跟我一同去二龙山入伙吧。"宋江推辞，说："武松兄弟，我已经决定去清风寨，你就不用劝了。"第二天，宋江、武松两人辞别了孔明、孔亮，分别投奔清风寨和二龙山。

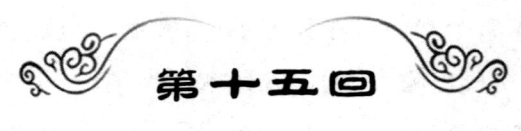

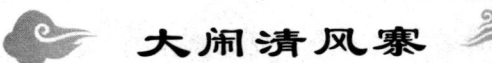

　　宋江走了两天，来到清风山，天黑时走进一片树林里，走着走着，不料脚下被绳索一绊，摔倒在地上，顿时跳出十几个人把他捆了起来，押进山里，绑在大厅前将军柱上。

　　夜深了，那大王打着哈欠走出来，坐在堂正中虎皮交椅上说："把两位大王请来一起吃。"不一会，又走出两位大王，分别在两边坐下。三人坐好，下令要开剥宋江。一个手下嘴里衔着尖刀，用凉水往宋江心窝一泼，正要动手，宋江长叹一声说："可惜我宋江空有满腔抱负，却要死于非命啊！"燕顺忙问："你是宋江？是哪里的宋江？"宋江说："我是济州府郓城县的宋江。"燕顺大惊，夺过手下的尖刀，把绳子割断，脱下身上的红袄，披在宋江身上，把宋江抱到虎皮交椅上，与王英、郑天寿跪下就拜，宋江这才知道这三个人，领头的叫锦毛虎燕顺，第二位身材矮胖，叫矮脚虎王英，第三位白净英俊，叫白面郎君郑天寿。宋江扶起三个人，三人都说久仰哥哥大名，没想到今天在这里见上了。宋江说了他的遭遇，又说前两天刚和武松兄弟分手，他投奔二龙山去了。三位头领直跺脚，王英说："要是武松来清风山，那该多好啊，我们清风山就多了一位高手。"

宋江在山寨住了几天。这天,宋江正和燕顺、郑天寿一起喝酒,手下士兵来报告说:"王头领在山下抢了个女人,抬到山后房里要做夫人。"宋江说:"王英兄弟贪恋女色,可不是英雄本色啊。"宋江和燕顺、郑天寿赶到王英房里,见王英正想搂抱那女人寻欢。宋江问那女人:"夫人,你丈夫是谁?"那女人哭着说:"我是清风寨寨主的夫人,求求大王放了我吧。"宋江听了一惊,忙问:"你丈夫是花荣?"那女人说:"清风寨有两个寨主,一文一武,我丈夫是文寨主刘高,请大王救命。"宋江心想:"她丈夫和花荣是同事,不救她以后到清风寨不好相处。"就对王英说:"这女人是寨主的老婆,看在我的面子上,你就放了她,以后我给你娶个好的。"王英心里不乐意,但又不好不给宋江面子,只得放了那女人。

几天后,宋江来到清风寨。这里是官府设置的军事要地,副寨主花荣,箭射得很准,人称小李广。宋江见到花荣,把在清风山上放走刘寨主老婆的事说了,花荣说:"哥哥不该放她,他们夫妻俩贪赃枉法,心狠手辣,哥哥以后可要小心!"

到了元宵节,清风寨土地庙前,闹起了花灯。宋江带领两个士兵去观看,没想到被看花灯的刘高的老婆看见,她对刘高说:"那个黑矮男人就是抢我进山的土匪头子! 你必须给我报仇! 把他杀了,给我出心头的这口恶气!"

刘高立即下令捉了宋江,回到寨衙审问:"你这清风山上的强盗,怎么还敢来这里看花灯? 说,你是怎么抢走我夫人的!"宋江说:"我是郓城县的张三,是花寨主的朋友,来这里好几天了,从没有在清风山上抢劫。"刘高的老婆从堂后出来呵斥道:"你这流氓! 还想抵赖,在清风山不是你们抓了我吗?"宋江说:"夫人,那时,我极力救你下山,你怎么能说是我抢了你呢?"那女人指着宋江骂道:"你这无赖,不打你怎么肯招!"刘高立即喊道:"来人,给我重重地打!"宋江被打得皮开肉绽。

花荣知道后,大吃一惊,忙写了封信,派人送去,请刘高放人。刘高大怒,撕了信,骂道:"那强盗已经招认了,要我放了他,门都没有!"把送信的人赶出去报告。花荣大怒,叫了几十名士兵,提了枪棒,骑上马,冲进刘高的衙门。刘高夫妇躲得不知去向,花荣救出宋江,回到自己寨里。宋江知道刘高不会放过他的,甚至还会连累花荣。就对花荣说:"我在这里只会给你带来麻烦,刘高夫妻也不会放过我,我还是到清风山躲一躲吧。"花荣想留住宋江,但宋江执意要走,也只好派人送他去。刘高也料定宋江会逃到清风山,于是在半路设了埋伏,又把宋江抓了去。捉住宋江,他就派人到青州府去告花荣勾结盗贼。

青州府尹听到报告,立即派都监镇三山黄信来到清风寨。黄信对刘高说:"准备两辆严实的囚车,先把那宋江关在里面。明天我去请花荣来喝酒,假意为你们调解,趁喝酒时把花荣拿下,和那强盗一起押送青州城。"第二天,黄信亲自到花荣寨里,把花荣骗到刘高的大寨。花荣心想黄信只是一般武官,应该不会有什么诡计,没想到刚喝到一半时,黄信把酒杯往地上一摔,两边立即拥出三十多个士兵,把花荣摁倒捆住。黄信、刘高押着宋江、花荣的囚车向青州进发,路过清风山。

到了一个狭窄处,燕顺、王英、郑天寿早已带领手下埋伏在路旁。看到囚车靠近,王英等人拿着枪棒跳到路中央,拦住黄信,燕顺喝道:"留下三千两黄金买路,才放你们过去!"黄信大怒骂道:"山贼草寇竟敢这么无理!"说完上前拼杀。黄信打不过他们三个人,调转马头飞奔回清风寨。刘高见势不妙,拍马也想逃跑,被王英的手下围攻,死在乱刀之下。大家把宋江、花荣救出囚车回到山寨。

黄信写了状子,派人送给青州知府。知府唤来兵马总管霹雳火秦明,说:"花荣勾结清风山强盗反抗朝廷,派你去捉拿。"秦明说:"区区几个毛贼竟敢如此大胆,大人不用担心,我带领军马,不抓住他们,不回来见你!"

秦明领兵马来到清风山下,花荣率领大家下山迎敌。秦明喝道:"花荣,朝廷没有亏待你,你为什么要勾结贼寇,反叛朝廷?你这叛徒还不下马受刑!"花荣说:"我怎么敢反叛朝廷,都是刘高无中生有,公报私仇,希望总管明察。"秦明不再答话,抓紧狼牙棒拍马直奔花荣。花荣抓住枪棒迎战,斗了几十个回合,花荣拽马转身就跑,趁势拿出弓箭,一箭射落秦明头盔上的红缨,然后回山。秦明大怒,下令攻山。没想到刚到山下,从山顶上打来一阵檑木、巨石,官兵们躲闪不及,顿时死伤大半。官兵败退,花荣趁机指挥各位英雄好汉杀下山来,官兵和清风山的兄弟混战在一起。秦明骑马找上山小路,没料到连人带马落进陷阱里,立即被擒获,绑送上山。花荣一见，连忙给秦明松绑，扶他在大厅里坐下。秦明说："我现在被你们抓住，要杀要剐，随你们的便。只想问你们头领是谁？"花荣指着宋江说："这位是郓城押司宋江，这三位是燕顺、王英、郑天寿。"

秦明问："宋押司？难道是及时雨宋公明？"宋江说："就是我。"秦明拜道："早听说你的大名，没想到在这里相会，感谢不杀之恩。请放我回青州去。"燕顺说："你带来的兵马都没了，知府能放过你？不如在这里落草。"秦明说："我生是大宋人，死是大宋鬼，朝廷没有亏待我，我不能背叛朝廷。"花荣说："哥哥既然不肯与我们为伍，我们也不勉强。现在太晚了，你就在山上休息一夜，明天我们送你下山。"

第二天一早，秦明飞奔来到青州城外，见城门紧闭，没有人进出。原来昨晚城郊有许多人家房屋被火烧毁，尸首遍地。他向城门上护城的军官大叫："放下吊桥，让我进去！"知府走了出来喝道："你这反贼，昨夜带人来攻打城池，在城外杀人放火；现在又来叫开城门，带走你的家人。你白费心思，你的妻子让我杀了，不信你看！"一个士兵挑出秦明妻子的首级，秦明一看，肺都气炸了。秦明正不知道怎么办，宋江和花荣来了。宋江说："你妻子被知府杀了，不如跟我们一起回清风山，花荣有个妹妹，很贤惠，我给你们做媒。"原来宋江昨晚偷偷派人下山，在青州城外放起大火，还到处喊叫是秦明指使干的，就是为断秦明的后路，让他能在山上和兄弟们一起干大事。秦明没有办法，只得说道："既已这样，也只好上山。不过那个黄信是我徒弟，他非常崇拜公明哥哥，我告诉他及时雨在山上,他一定会来。"宋江听了非常高兴。

秦明和宋江、花荣等在黄信的接应下攻进了清风寨。燕顺带人杀了刘高一家,王英又抢了刘高的老婆想回山寨。宋江对那女人喝道:"我救你下山,你为什么恩将仇报?"那女人竟嘴硬起来:"你们这帮流氓!"燕顺一刀把那女人砍成两段。

青州知府上奏朝廷,申请发大军剿灭清风山。宋江对大家说:"这个寨子太小,不能久留。南边有个梁山泊,方圆八百里,晁天王已有三五千人马,我建议带领这里的人马加入他们!"大家听了,有人站出来,说:"要是晁盖他们容不下我们,怎么办?"宋江大笑:"晁盖哥哥最喜欢结交江湖豪杰,我们这一去,他不知有多高兴,大家不用担心。"最后大家都同意入伙梁山泊。

宋江在山寨为秦明和花荣的妹妹完婚后,叫大家把财宝、衣物、行李装上车,带领三百多人马向梁山泊进发,途中还收纳了小温侯吕方和赛仁贵郭盛。

宋江和燕顺先去梁山泊报信。中午,他们走进路边的酒店休息,恰好遇见宋江以前的朋友石勇。石勇见到宋江,说:"我刚从郓城来,你弟弟要我带封家书给你。"宋江撕开一看,立即捶胸顿足哭了起来,哭道:"我是个不孝逆子,逃亡他乡,老父去世也不在他身边。不能尽孝,我和畜生有什么分别啊!"大家这才知道信上说宋太公去世,要宋江回家安葬。宋江当即告别燕顺,动身回家。

林冲下山迎接清风山的人马,晁盖在聚义厅上摆了酒席。从此,梁山泊实力大增。晁盖、吴用筹资添造大船,建筑房屋,整顿兵马,时刻准备迎战朝廷的剿杀。

宋江回到郓城,晚上偷偷进了家门,只见家里安安静静,没什么变化,不像是在办丧事,感到很奇怪。他问仆人,才知道父亲还好好的,就怒气冲冲走了进去,见了弟弟宋清骂道:"你这忤逆畜生,为什么要写信戏弄我?父亲仍然好好的,为什么要咒他老人家?"宋太公听到声音出来,说:"这事不能怪你弟弟,是我叫他写的信。是我想见你一面,怕你在外面受坏人指使,当强盗去了。所以写信叫你回来。"

忽然,外面火把通明,喊声四起。官军围住村庄,到处都是喊叫声:"不要让宋江跑了!"原来,自宋江逃走以后,缉捕人员昼夜埋伏在宋家,今天见宋江回来,就带领官兵来捉拿他。宋太公让人搭了梯子,自己颤巍巍地爬上墙头,探头观看。郓城都头赵能、赵得兄弟见了,说道:"宋太公,你是明白事理的人,快把宋江交出来,否则把你一起抓去坐牢。"宋太公从梯子上下来,宋江说:"父亲,儿子出去也没什么大不了的,县衙里有我以前的朋友,况且皇上新立太子,很快就要大赦天下,罪行应该不会太重。儿子服刑也有期限,将来还可以回来照顾父亲。"宋太公哭道:"三郎啊,是我害了你啊!我不该骗你回来啊!"

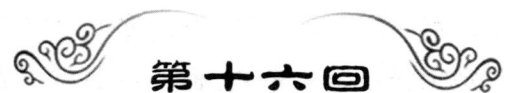

第十六回

浔阳楼上题反诗

宋江被抓后,判脸上刺字,发配江州,由两个差役押送。这天走到一座山下,只见山坡后转出吴用、花荣、刘唐等人。刘唐要杀死差役,接宋江上山。宋江忙说:"你们杀了差役,是陷宋江于不忠不孝之地。"吴用说:"我知道哥哥的意思了,我们不留哥哥在山寨,只是请哥哥上山和晁盖以及兄弟们见见面,说几句知心话。"宋江好言劝说了两个差役,然后随吴用等人一同上山。梁山泊好汉们在聚义厅摆下酒席。晁盖请宋江坐中间,对宋江说:"我们多给差役些银两,就说是梁山泊抢了你,官府就不会治罪于他俩了,你看怎么样?"宋江说:"这样的话不要再说了,我如果留在山寨,家里的老父亲就要遭殃。"第二天,宋江坚持要走。吴用拿出一封书信给宋江,说:"江州两院押牢节级戴宗是我的好朋友,这个人是个飞毛腿,能日行八百里,人称神行太保。哥哥拿这封信去,他会罩着哥哥的。"宋江接过信,辞别大家下山去了。

宋江来到江州后,今天请看守喝喝酒,明天给牢头送些礼,反正他有的是钱,牢房里没有一个人不喜欢他。牢头免了他一百杀威棒,还派他在抄事房做抄写员,有一定的活动自由。

一天，宋江被叫出去，节级问他：“你上上下下都使了银子，为什么偏偏不送常例钱给我，你背后的靠山到底是谁？”宋江说：“逼我要钱，是不是太小气啦！”那节级大怒，拿起棍子，说道：“好你个盗贼，竟敢这么嚣张！看我不打死你！”宋江冷笑道：“不送常例钱就该打死，那勾结梁山泊吴用，又该怎么处置？”那节级听宋江说了吴用，就慌了手脚，问道：“你到底是谁？”宋江报了姓名，那节级大惊，说：“原来哥哥是及时雨宋公明！”宋江从身上取出书信说：“这是吴用写给你的信。”原来这人就是神行太保戴宗。戴宗立即请宋江在江州城里的一家酒楼上喝酒，两人正喝得高兴，忽然跑上来一个黑乎乎的大汉。宋江问是谁，戴宗说：“是小弟身边管牢的，叫李逵。在家打死了人，逃出来流落到这里，小名铁牛，江湖人称黑旋风。”

戴宗告诉李逵说这人就是他要去投奔的哥哥。李逵问：“是及时雨宋江？”戴宗喝道：“怎么这么不懂规矩，宋江哥哥的名字是你叫得的吗？还不下拜！”李逵说：“如果真是宋江就拜，如果不是我拜什么鸟？”宋江说：“我是山东黑宋江。”李逵听了，说道：“原来哥哥长得跟铁牛一般黑啊。”说完，躬身就拜，宋江听了哈哈大笑。

从此，宋江、戴宗和李逵经常一起喝酒。这天，他们到浔阳楼喝酒，戴宗要酒保上鲜鱼汤给宋江醒酒，酒保说：“鲜鱼还在船上，等渔夫来了才能买到，现在没有鲜鱼。”李逵跳起来，说要亲自弄两条活鱼给公明哥哥吃。

李逵来到江边，跳上渔船说：“给两尾活鱼。”打鱼的说：

"渔船主人不在,谁敢开舱卖鱼?"李逵骂道:"什么鸟主人,你们不开舱我自己拿。"李逵打开船尾罗网,见没有大鱼,就丢开了,又去打开另一只船的。李逵正要打开罗网,渔夫们见了,都拿起竹篙去打李逵。李逵大怒,两手一架,把他们手里的五六条竹篙捞了过来,咔嚓一声都拗断了。

这时,一个汉子脱得赤条条的,露着一身白肉,驾小船箭一般地飞过来,说:"黑大汉你吃了熊心豹子胆,竟敢来搅乱爷爷的买卖。"李逵也不回话,跳上那汉子的船,就要打他。那汉子把竹篙一点,小船向江心飞去。他抓住李逵的胳膊,说:"先不跟你打,叫你先灌点水。"说完两脚把船一晃,立即船底朝天,两个人都翻下江去。

那汉子在水中就像条鱼儿一样,李逵是个旱鸭子,根本不懂水性。那汉子把李逵提起来,又摁下去,反复了几十次。这时宋江他们也赶到江边,见李逵被人淹在水里,忙让戴宗叫人去救。戴宗一问围观的人,才知那人是浪里白条张顺。宋江猛然想起:来江州的途中路过揭阳镇,结识了人称船火儿的张横。张横听说自己要去江州,临走前给了他一封信,让自己交给他在江州的弟弟张顺。宋江忙告诉戴宗自己有张横的书信,戴宗跑到河岸上,冲向江心喊道:"张二哥不要动手,这里有你哥哥张横家书。那黑大汉是咱们自己兄弟,你赶紧放了他,上岸再慢慢说。"张顺在江心听戴宗说有哥哥的书信,抓起李逵向岸边飞奔而来,两脚踏在浪尖上,如走在平地上一样。上了岸,那李逵不住地掏耳朵里的水。戴宗指着宋江问张顺:"二哥你认识这位哥哥吗?"张顺摇了摇头。

李逵跳了过来说:"这哥哥是山东黑宋江。"张顺听了,翻身就拜。宋江告诉他张横的书信在牢营里,过一会儿拿来给他。

过了几天,宋江去找人喝酒,可是戴宗和李逵都不在。一个人闷闷不乐上了浔阳楼,自己喝着闷酒。喝了几杯,宋江站在楼上远望,看着茫茫江水,不禁触景伤情。宋江一杯接一杯地喝着,不知不觉已经眼前迷蒙。真是举杯消愁愁更愁,宋江不禁想起心事来:自己已经三十好几,虽然结识了许多江湖豪杰,但是说到功名却一无所有,更不要说光宗耀祖。自己只是个杀人犯,脸上被刺了字,留下一辈子的耻辱。发配到这里,什么时候才是个头啊?可怜自己家里的老父亲,一大把年纪还要为自己担惊受怕!想到这里不禁泪流满面。宋江见白粉墙上有很多人题诗词,乘着酒兴,向酒保借来笔墨,摇摇晃晃挥笔写道:"自幼攻经史,长成亦有权谋。恰如猛虎卧荒丘,潜伏爪牙忍受。不幸刺文双颊,哪堪配在江州。他年若得报冤仇,血染浔阳江口。"题完词,过了一会儿,酒往上涌,迷蒙中,宋江更加狂放。继续写了一首诗,道:"心在山东身在吴,飘蓬江海谩嗟吁。他时若遂凌云志,敢笑黄巢不丈夫!"黄巢是反叛朝廷的起义军首领,这样一首诗无异于告诉世人,自己对当今朝廷深深的不满,要是有机会,区区一个黄巢自己是不放在眼里的。宋江题完,心里十分痛快。后面加上五个大字:"郓城宋江作"。接着,他又喝了几杯,然后跟跟跄跄地走了。酒醒以后,宋江已经完全忘记题诗的事情。可没想自己一时心血来潮题的诗,却给他带来了杀身之祸。

江州对岸有一个城镇,叫无为军城,城里有个吊儿郎当

心在山东身在吴

飘蓬江海谩嗟吁

他时若遂凌云志

敢笑黄巢不丈夫

郓城宋江作

浔阳楼宋江题反诗

的通判,叫黄文炳。这个人既奸诈又狡猾,是个十足的小人。如果有比他强的,他就千方百计地陷害,有不如他的,他就嘲弄别人。而且他很会拍马屁,常常给知府蔡德章送礼,这个蔡德章是蔡太师蔡京的儿子。黄文炳希望通过讨好知府,得到提拔。这天,黄文炳来到浔阳楼喝酒,突然看见宋江写的诗,心想:我高升的机会到了,活该这宋江倒霉。立即抄下宋江的诗,打听到了宋江的来历,马上去府衙找蔡知府告发。

黄文炳见了蔡知府,问京师有什么消息,知府道:"我父亲来信说,最近有四句童谣:'耗国因家木,刀兵点水工。纵横三十六,播乱在山东。'还说现在天下不太平,让我注意点。"黄文炳听了冷笑一声,拿出宋江的反诗给蔡知府看。黄文炳把童谣和诗对照了一下,对蔡德章说:"'耗国因家木',是说挥霍国家钱财的,是'家'字底下加个'木',不是'宋'吗?'刀兵点水工',是说兴起刀兵的人是'水'边加'工'字,不是'江'字吗?那反诗是宋江写的,不是应了童谣是什么?纵横三十六,这句表示人数或年份。'播乱在山东',郓城县正在山东境内。"

蔡德章问黄文炳宋江是什么人,那黄文炳说是牢营里的犯人。蔡德章一听是流放的犯人,就立即派人把牢营文册拿过来。蔡德章亲自查看,果然有个新到的犯人:郓城宋江。黄文炳对蔡德章说:"事情不能耽搁,怕走漏风声,先派人把他抓起来关进大牢,慢慢再想办法处置他。"蔡德章听了,很是高兴,心想自己总算可以在父亲面前表现一番了,立即升堂,命令节级戴宗去捉拿宋江。戴宗一听,吃了一惊,暗暗替宋江着急。

戴宗赶忙出了府衙,命令手下公差各自回家拿武器,到他家隔壁的城隍庙集合。然后他作起神行法,飞奔来到宋江的住处,告诉他反诗的事情已经被告发。宋江听了,吃惊不小,猛一拍脑门才想起自己醉酒题诗的事,心马上就凉了一截,叹息道:"糟糕,这回我是死定了。"戴宗说:"哥哥先别急,路上我想好了一招。你假装自己是个疯子,躺在屎尿堆里,口里胡言乱语,我去回复知府,就不会抓你了。"宋江自己没了主意也只好这么办。两人商量好,戴宗连忙赶往城隍庙。

戴宗领着公差们来到宋江的住处,见宋江披头散发,在屎尿里爬,见了戴宗等人,疯疯癫癫地说:"我是玉皇大帝的女婿,岳父叫我率领十万天兵天将来杀江州人,给我一颗金印,重八百斤。"公差们说:"完全就是一个疯子嘛,抓他又有什么用?"戴宗回复蔡知府说:"宋江是个疯子,在屎尿堆里爬,一身臭烘烘的,口出狂言,没有抓他过来。"狡猾的黄文炳说:"前两天还好好的,从他题诗的笔迹来看,不像是疯子能写出的,这么快就疯了,里面一定有鬼!"蔡德章于是又命令戴宗去捉拿宋江。戴宗没有办法,只好带着公差,再次去牢营把宋江抓来。黄文炳唆使蔡德章对宋江严刑拷打,打得宋江皮开肉绽,鲜血淋漓。他受不了拷打,只好招认:"自己确实不该写反诗冒犯朝廷!"

宋江招供,蔡知府很高兴,向黄文炳道谢。黄文炳一心想立功,又出主意道:"知府要连夜写信报告给老太师,表明大人为国家干了件大事。同时问问太师,宋江是要活着押送东京,还是就地处死。"

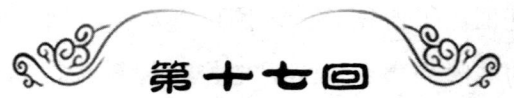

第十七回

 梁山好汉劫法场

蔡德章认为黄文炳说得对,连夜写信派戴宗送去东京。戴宗趁机上了梁山泊找吴用商量怎么才能救出宋江。吴用撕开蔡德章给蔡京的信,上面写着:"抓住企图造反的山东宋江,关在大牢里,请父亲大人指示!"不禁惊呆了。

晁盖说:"不如我们带着兵马,打进江州,救出宋大哥。"吴用摇头说:"这样反而会打草惊蛇,害了宋公明哥哥的性命。这事只能智取,不能硬拼。"晁盖说:"那军师有什么妙招?"吴用道:"既然蔡知府派戴宗送信,并等回信处置,我们将计就计,写一封假信叫戴宗带回去,信里命他们将宋江押送东京,审问详细再处决。他们押送哥哥去东京,必须经过这里,我们埋伏好,半路抢下。你觉得怎么样?"晁盖说:"这个办法好,只是蔡京的笔迹和盖章怎么办?"吴用说:"如今流行蔡京的字体,只要把擅长写蔡京字体的萧让和精通雕刻名人图章印记的金大坚请上山来就行。"于是吴用火速请上这两个人造了封回信。

戴宗回到江州,把假造的蔡京回信递给蔡知府。蔡知府看到信很是高兴,说:"马上准备囚车,把人犯押送东京。"同时赏了戴宗二十两银子。黄文炳心里疑惑，就对蔡德章说："早就想一睹蔡太师的书法，知府大人可不可以让我开开眼界啊？"蔡德章听了黄文炳的话当然开心，说："太师对你大加赞誉，说早晚把你介绍给皇上，让你做大官。"说完把信给了黄文炳。黄文炳看了信，连连摇头，说："知府大人，这封信是假的。"蔡知府说："这是我父亲的亲手笔迹，怎么可能是假的？"黄文炳说："假在这盖章上。这个印记是你父亲做翰林学士时用的，现在已经升为太师丞相，还能用翰林印记吗？何况父亲给儿子写信，有必要用盖章吗？大人仔细盘问戴宗就知道真相了。"

蔡德章一听，大怒，马上叫来戴宗，问道："在太师府是谁接你进去的？那人多大？是胖是瘦？你快跟我说说。"戴宗没到过东京，支支吾吾答不上话。蔡知府叫道："来人，给我打！"戴宗熬不住拷打，只得招认："这封回信是假的。我经过梁山泊时被强盗抓上山去，搜出那封信，他们又写了回信，叫我带回来。我怕大人怪罪，所以没跟您说实话。"蔡知府当即决定：就地将宋江、戴宗斩首，以免夜长梦多。六天后，军汉们押着宋江、戴宗来到法场，只等午时三刻到了，就开刀问斩。

戴宗离开梁山泊后，吴用忽然意识到戴宗带去的回信有漏洞。晁盖问什么漏洞，吴用说不该用"翰林蔡京"那个盖章，哪有父亲给儿子写信用官印的？必须立即派人去江州救他们。梁山泊众多好汉立即打点出发。

几千人从四面八方涌进法场观看，负责维护法场秩序的官兵怎么阻拦,都拦不住那像潮水般涌来的人群,不大一会,法场被围得水泄不通。这时,法场东边来了一群玩蛇卖艺的乞丐,径直闯进法场,看见谁挡着他们,就把蛇放在挡着他们的人身上,吓得人们赶忙给他们让路。维持秩序的官兵想轰走他们,他们也拿蛇来吓唬官兵,官兵们没有办法,只好让他们站在最前面。

这时,法场西边又来了一伙耍枪棒卖膏药的人,使劲往里面钻,只要有人挡路,他们就举起棍棒向人家打去,人们也只好给他们让路。他们闯到最里面,拿着枪棒在那里嘻嘻哈哈地打闹。官兵们训斥道:"你们这些人真是莫名其妙,也不看看这是什么地方?拼命挤过来在这里打闹!"那一伙人却叫道:"真是奇了怪了!我们走南闯北,哪里没去过,就是京城里杀人,我们也看过!这么个鸟不拉屎的地方,杀两个人,让我们看看,怎么了,不行啊?"这边还没吵完,法场南边又来了一伙挑担子的搬运工,挑着担子就往人身上撞去,撞到了很多人,士兵们拦住他们,说:"这是法场,你们要往哪里去?"那些人说:"我们是去知府家,你们凭什么拦我们?"说完往官兵们身上撞去,停在了最前面。再看法场北面,来了一伙推着车子的小商贩,横冲直撞,那些围观的人连忙让路。士兵们拦住他们,让他们绕道走。他们说:"绕道?哪里有路啊?只能从这里走啦。"说着,推着车往士兵们身上撞,士兵们拿着刀枪赶他们,他们也在最前边停下,看起热闹来。

午时三刻,监斩官骑着马来了,叫道:"午时三刻到,开斩!"刽子手举起屠刀就要砍时,只见北边那推车子的小商贩拿出一面小锣,站在车上,当当地敲了起来。突然四周看热闹的人都动起手来。这时,只听见一声吼叫,一个手握着两把板斧的黑大汉,光着膀子从半空跳了下来。他提着两个斧头,挥向两个刽子手,刽子手立刻被砍翻在地。那大汉又回过头来朝监斩官一斧砍去,监斩官来不及躲,被斧头砍成两半。这大汉正是黑旋风李逵。士兵们哪里挡得住他,只顾保自己的性命。蔡德章和黄文炳身边围着一大批军官,蔡德章忙让士兵们掩护,逃回城里。东边的耍蛇乞丐,把蛇往人群里一扔,吓得人们不顾一切地逃走。他们抽出尖刀向士兵们砍去。南边挑担的搬运工,抢起扁担就打,打翻许多士兵。西边那群卖艺的也拿出家伙刺向士兵。北边那伙小贩,推着车子,拦住看热闹的人,还有人钻进法场,背起宋江和戴宗就跑。其余的人,取出弓箭、刀枪掩护他们冲出法场。

原来,这是吴用的计策,他让梁山兄弟装扮成车夫和乞丐,以免引起官兵的注意。这一次劫法场,梁山好汉大获全胜。宋江被救出江州,在穆弘的庄上休息。宋江感谢晁天王,说:"宋江和戴宗,要是没有哥哥们相救,早就死于非命。大家对我恩重如山,我不知道怎么报答。黄文炳残害我俩,希望哥哥们能帮我出了心头这口恶气!"

晁盖说:"今天来的兄弟不多,还是先回山寨去调大队人马来,我们杀他个片甲不留!"宋江说:"回山寨就来不及了,来回一趟得好几天,蔡德章他们一定会下令各地严加防范,不好下手。如果有人知道黄文炳的家就好动手了。"薛永说:"黄文炳家住在无为军城边。家里有四五十口人,有个哥哥,但两人早就分家了。两家当中有个菜园子。"宋江说:"好。现在大家去准备芦苇、沙袋。薛永和白胜先到城里,明天晚上接应我们进去。"

第二天夜里,薛永和白胜按事先约定,在城墙上挂出白带子为信号。宋江叫人把沙袋堆在挂白带子的城墙下边,然后挑着芦苇踩着沙袋上了城墙。梁山弟兄把芦苇放在黄文炳兄弟两家当中的菜园子里点着,霎时间火光冲天。宋江命人在黄文炳家门外埋伏好,薛永去敲门叫道:"隔壁大官人家失火,有点东西搬来寄存,请开门。"大门开了,晁盖、宋江带领兄弟们杀了进去,见一个杀一个,一家人顷刻间都成了刀下鬼,财物也搬了出去,但却没见到黄文炳。大家没有办法,都赶紧上了船,回到穆弘庄上来。

原来黄文炳这时正在蔡德章家里商量怎样对付宋江他们。黄文炳听说江对岸无为军城起火,赶忙出来看。黄文炳说:"大人,我家失火,我要赶紧回去。"蔡知府忙派船送黄文炳过江。

黄文炳乘船向无为军城驶去,这时迎面一条小船撞向他的官船。黄文炳呵斥:"哪个不要命的竟敢撞官府的船?"小船上的李俊手里拿着挠钩,也不说话,一下钩住官船,纵身跳了上去,直奔黄文炳。黄文炳见情况不妙,翻身跳进水里。早就等在船底下的张顺把黄文炳拦腰抱住,扔到小船上。

梁山好汉押着黄文炳来到穆弘庄上,手下人把黄文炳剥光,绑在柳树上。宋江骂道:"我跟你无冤无仇,你为什么几次三番唆使蔡德章害我?你平时作恶多端,人家叫你黄蜂刺,今天我要扳掉你这根刺!"黄文炳知道活是活不成了,只求死得干净利落,免得受罪,就说:"有本事,你一刀杀了我!"宋江问:"哪位弟兄替我砍了他?"李逵说:"我来收拾这个东西。这家伙长得白白胖胖,烤着吃一定不错。"他举起板斧,黄文炳的头就滚了下来。

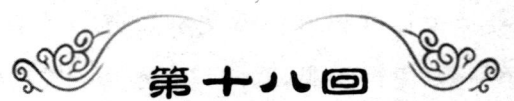

第十八回

 黑旋风痛失老母

　　宋江等人回到梁山泊后,晁盖马上派人接宋太公和宋清上山。宋江也没什么好担心的了,就安心待在梁山泊上。重定座次后,晁盖第一,宋江第二,吴用第三,公孙胜坐了第四把交椅。

　　"黑旋风"李逵上了梁山泊后,非常想念家里的老母亲。李逵从小就没了父亲,是母亲一手把他带大,他不想让老母亲在家里受苦,于是决定接母亲上山,过几天好日子。走前,宋江再三嘱咐他不要喝酒闹事,走小路悄悄接了老母亲就上山。他连连点头,说自己会小心的。宋江还要他把板斧留在山上,免得他惹是生非。他带了把刀独自一人去老家接母亲。这天,他路过一片树林,突然一个黑大汉拿着两把板斧,喝道:"留下买路钱!"李逵骂道:"你是什么鸟人,敢来拦我的路?"那大汉晃了晃手里的板斧说:"要问我是谁,说出来吓死你,你爷爷我是黑旋风李逵! 快点放下包裹和银子,我就放你一条生路,否则别怪我不客气!"

　　李逵看着他那装神弄鬼的样子,哈哈大笑:"你这鸟人,竟敢用爷爷我的名字在这里抢劫!"他抓起刀直奔那汉子。

那黑汉哪里挡得住，正要逃走，被李逵一刀砍在大腿上，翻倒在地。李逵一脚踏在黑汉胸脯上，喝道："认得你爷爷我吗？我才是黑旋风李逵。你敢辱没爷爷我的名声！"黑汉忙说："爷爷饶命，我叫李鬼。因为江湖上提起爷爷你的名字连鬼都怕，所以用爷爷的名字在这里抢劫，但只是得点钱财，从没害过人。"李逵喝道："你在这里败坏我的名声，叫你先吃我一刀！"李鬼哀求道："你别杀我啊！我家里有八十岁老母，我本来是不想做这样的事，可家里穷，为了养活老母亲才迫不得已啊！爷爷杀了我，我母亲也活不成了，一定会饿死的。杀了我一人等于杀了我全家啊！"

李逵想：我特地回家接老母亲，饿死他母亲，天地都不容，就说："既然这样，我放了你。看在你是个孝子，我给你十两银子，做点小买卖。以后不许再干辱没我们梁山英雄的事！"当即拿出十两银子给了李鬼。李鬼拿了钱，又磕头又道谢地走了。

李逵看着他走开，继续赶路。走了一会，李逵又累又饿，他来到一座草屋前，见屋里走出一个年轻女人，那女人脸上涂着脂粉，头上还插着一朵小花。李逵放下刀，说："大嫂，我是过路的人，肚子饿了，又找不到客店。麻烦你给我弄点酒饭来。"那女人见李逵长得凶恶，不敢违抗，就说："我们这里没有酒，我给你做饭吧。"说完就淘米做饭去了。李逵在屋里坐了一会，觉得无聊，就到屋后的山上走走。没想到却看见李鬼一瘸一拐地向草屋走来，李逵正想去吓吓他，却见他走进草屋里了。

　　李逵走下山来，本想进去看看，忽然听见那女人问："死鬼，你的腿怎么了？怎么现在才回来？"李逵觉得奇怪，就贴在门外偷听。只听李鬼说："今天差点就回不来了！你说多倒霉，居然碰上那个真李逵了，被他砍了一刀。不过他这大笨牛，我骗他说我有八十岁的老母要养，他真信了，还给了我十两银子，这个笨蛋！"那女人一听，忙说："小声点，刚才来了一个黑大汉，要我做饭，这会，还在屋里坐着，你去看看是不是那个真李逵。"李鬼听了，说："要真是他，找点蒙汗药把他麻翻了，拿了他的钱，我们就发财啦！"

　　李逵在屋后听了，气不打一处来，心想："这混球骗了我还不说，还想用药来麻翻我，太可恶了，今天非杀了他不可。"他大吼一声，奔了过去。李鬼还没来得及反应，头就"咕咚"一下掉了下来。那个女人见势不好，拔腿就跑，李逵赶到门口，那女人跑得飞快，他想先填饱肚子再说，也就不去追了。李逵进了厨房，见锅里的饭熟了，大口地吃起饭来。吃完，一把火烧了李鬼家，提起刀继续赶路。

　　李逵回到家里，只见母亲坐在床上问道："是谁来了？"李逵这才发现母亲的眼睛已经瞎了，坐在床上颤巍巍地摸索着，就叫道："娘，铁牛回来了。"老母亲一愣，听出是铁牛的声音，说："儿啊，你终于回来了。娘天天想你，眼睛都哭瞎了。你哥哥给人做长工，只能赚口饭吃，连娘都快养不活了。"李逵心想：要是说在梁山泊做了土匪，娘一定不肯去。于是应道："娘，铁牛如今做了官，回来接娘去享福。"娘高兴地说："这下可好了，娘总算是熬到头了，只是我一个瞎老婆子怎么跟你去?"李逵说:"铁牛背娘到大路上,叫辆车子坐着去。"这时,铁牛的哥哥李达回来了。李逵喊道:"哥,好几年没见了,辛苦你了!"李达见是李逵,也愣了一下,接着大声说道:"你连累得我好苦哇,还敢回来!"娘说:"铁牛做了大官,要接我们一起走呢。"李达说:"娘,您别听他胡说!他哪里是做了官,他是上了梁山泊做了土匪,官府正在抓他,他回来,只会连累我们的。"李逵说:"哥哥,你别生气,干脆我们一起去梁山泊,杀富济贫,有酒有肉,有什么不好?"李达不听,把门一摔,说要报官去。李逵想,还是带着母亲赶紧先走。

李逵背着老母亲不敢走大路,只能走山上小路。走了大半天,娘说:"铁牛,我渴了,你去找点水给我喝吧。"李逵把母亲放在一块大青石上,说:"娘,你耐心坐一坐,我去找水来喝。"李逵在破庙里找了个香炉子,在溪里洗干净,装上水走了回来,可是却没看见老母亲。他急坏了,丢下香炉,拿起刀到处找。他见草地上有血迹,吃了一惊。他沿着血迹走去,走到一个洞口,看见两个小虎崽子正在啃一条人腿。李逵一看,心都凉了。他想:"我从梁山泊回来,就是为了让娘享几天福,没想到背到这,却被你们吃了!"心头火起,抓起刀就向两只小老虎砍去。那两只小老虎张牙舞爪地向李逵扑来。李逵更是气急,一刀捅死了一只。另一只见了,忙往洞里钻。李逵追上去,把它捅死在洞里。李逵刚转身要出洞,却见一只母老虎咆哮着走向洞口,却不进来,而是掉过身子,用尾巴朝洞里一剪,探探虚实。见没剪到什么,就把后半身慢慢退进来。李逵见了,用尽全身力气,对准老虎屁股用力一刀捅进去,直捅到老虎的肚子里。那老虎痛得大吼一声,逃出洞去,刚到洞口就倒地死了。李逵拿刀正要赶上去再砍两刀,忽然见树林中卷起一阵狂风,吹得树叶到处飞扬。只听得一声吼叫,树林中又跳出一只吊睛白额老虎来,那老虎一见李逵,腾空扑了过来。李逵见了,不慌不忙。随着那虎的来势手起一刀,正中它的脖子。就见鲜血从它的脖子喷了出来。那大老虎只后退了五六步,便"咚"的一声,倒地而死。李逵走过去,又狠狠砍了几刀。他走进虎窝,看里面确实没有虎了,这才放心。

这时,他已经累得抬不起腿,便把刀往地上一扔,躺在地上睡了。第二天早晨,李逵含着眼泪,埋好老母亲的遗骨,跪在坟前大哭一场,这才慢慢地走下岭去。

李逵独自下山接母亲之前,宋江怕他惹事,曾反复告诫他,一定不要喝酒。李逵走后宋江还是放心不下,又派朱贵暗中保护他。这天,朱贵正在弟弟朱富的酒店喝酒,忽然听见有人说,李逵被抓了,正要押送衙门。朱贵一听,可急坏了。原来,那天,李逵一气之下杀了四只老虎,走下山去,正碰上几个猎人。那几个猎人一见李逵浑身是血,吓了一跳,就问:"你是什么人?"李逵不敢说真名,就说:"我叫张大胆。"那些人问:"你怎么浑身是血?是不是杀了人?"李逵:"山上的老虎吃了我娘,我一口气把一窝老虎全杀了!"那些猎人上山一看,还真有四只死虎!都对李逵十分敬佩。来到山下的一个村庄,李逵杀虎的事已经传开了,人们都争着看杀虎英雄,简直是人山人海。谁知道,李鬼的老婆也站在人群里,她

铁牛杀四虎

一眼认出了李逵,赶紧报告村里的曹太公。这个曹太公听了高兴得不得了,他想:"抓住了李逵,官府有重赏,我这下可发财了!"可是李逵力大如牛,壮得像黑铁塔,谁能打得过他?曹太公眼珠一转,想了一个办法。

曹太公把李逵请到家里来,准备了好酒好肉,恭敬地说:"好汉,您可是为乡亲们除了一大害啊,今天一定要多敬你几杯。"李逵一高兴,把宋江的嘱咐忘在脑后。他大口大口地喝酒吃肉,不一会就醉得不省人事。那曹太公命令手下把李逵绑得严严实实。又派人去县里报信。县官听说抓住了李逵,觉得这事非同一般,一定要派一个武艺高强的人把他押回来。于是把任务交给一个叫李云的官差。

朱贵得到消息慌忙和朱富商量,怎么才能救出李逵。这个李云人称青眼虎,是朱富的师父,朱富说:"李云曾教过我武功,很喜欢我,我可以……"朱贵听了点头叫好。于是,兄弟俩准备了好多酒肉,都放上蒙汗药,让两个伙计挑去。他们怕有人不吃酒肉,又做了些菜,也拌上蒙汗药用篮子提着,在一个山路口等李云。中午,听见一阵锣声,就见一队人马押着李逵过来了,李云走在前面。曹太公和李鬼的老婆也在其中,他俩还做着发财的美梦呢,想着要去县城领赏。朱富等队伍走到跟前,马上拿出酒走到李云面前,说:"师父,徒弟特地送来酒肉祝贺你抓到'黑旋风'!"朱贵也端着一大盘肉过来,站在朱富旁边。李云忙跳下马:"我的好徒弟,你真是有心啊,谢谢你了!"朱富说:"师父抓住李逵立了大功,徒儿我怎能不表示表示呢?"李云接过酒，却并不喝。朱富跪下说："我知道师父不会喝酒，可是今天大家高兴，怎么也得意思意思嘛！"李云推不过就喝了。

朱富又说："师父不爱喝酒，那就吃两块肉吧！"说着，挑了两块大的递了过来。李云见朱富这么热情，不好意思推辞，勉强吃了两块。朱富、朱贵把酒肉菜送给其他人吃，那些人见到好酒好肉，哪里会客气啊，没多大会功夫，就把他们挑来的酒肉消灭得干干净净。李逵被绑在囚车里，见朱贵兄弟俩那么热情，也猜出了几分，故意叫道："怎么不给我铁牛吃几口啊！"朱贵也故意喝道："你这流氓，要我们给你酒肉，门都没有！"

李云见士兵们都吃喝得差不多了，就叫道："快走！"就在这时，他们一个个"扑通""扑通"地倒在地上。李云见了，大叫一声："不好，中计了！"刚想往前走，觉得眼前一黑，晕倒了。这时，朱贵、朱富提了刀往那几个没有吃的人身上砍去。朱贵上前砍开囚车，李逵也忍不住了，大吼一声，挣断绳子，夺过一把刀，一刀杀了李鬼的老婆。接着又追上曹太公，一刀把他砍了。

走了五六里地，忽然听到后面有人喊："强盗往哪里跑？"他们回头一看原来是李云追上来了。他吃得少，药劲过了。李逵见他来得凶，忙跳起来，抓起刀，直奔李云。两人打了七八个回合，朱富喊道："不要打了！"两人这才停住手。朱富对李云说："师父，你平常对我很好，我很感激你。是我为了救李逵，才想到用蒙汗药把你蒙倒的。现在你回去，官府不会放过你,不如和我们一起投奔梁山泊吧。"李云听了,想了想说:"只怕梁山泊不肯收留我。"朱富说:"梁山泊的宋江大哥专爱结交天下英雄好汉,你就放心跟我们走吧。"李云说:"好!"三个人一起奔向梁山。

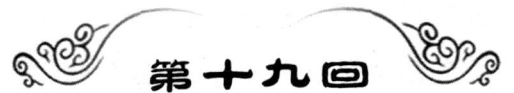

第十九回

 拼命三郎行侠义

　　这天，宋江、晁盖和吴用找戴宗说："公孙先生回蓟州看望母亲，到现在都没回来，该不会是路上出了什么事，兄弟去蓟州看看情况！"戴宗打扮成官差的模样，作神行法，直奔蓟州。戴宗在路上结识了锦豹子杨林，两人来到蓟州城里。城里城外找了公孙胜好几天。这天，戴宗走在街上，看见几个小牢子簇拥着一个牢头走过来。这人身材高大，面色微黄，但武艺高强，人称病关索杨雄。杨雄任两院押牢，兼做刽子手。杨雄领了知府的赏赐和大户人家的礼物，派小牢子送回家。这时来了一群泼皮无赖围住杨雄，为首的张保以借钱为名要敲诈他。

　　杨雄对张保说："你我虽然认识，但一直没有金钱往来。"张保笑嘻嘻地说："你收到这么多钱，怎么也不分点给我用用？"他向同伙一挥手，突然两三个人死死抱住杨雄。另一些人一拥而上，抢了银两转身就跑。说时迟那时快，一个卖柴的年轻汉子扔下柴担，劝道："为什么难为杨大哥？"张保叫道："你这臭乞丐，少多管闲事！"那汉子大怒，一脚踹翻张保，又打倒几个泼皮。其他泼皮见了，纷纷上前动手，被那汉子一拳一个打得东倒西歪。杨雄挣开身，也拳打脚踢，把泼皮们打翻在地。张保见自己根本不是他们的对手，爬起来就跑。杨雄大步紧追不放。

戴宗、杨林把这一切都看在眼里。走上前，把打抱不平的汉子领到酒店，戴宗边吃边说："我叫戴宗，这位兄弟叫杨林。敢问好汉尊姓大名？"那人说："我叫石秀，从小学了点功夫，好打抱不平，人称拼命三郎。祖籍建康，随父流落到这里。"

戴宗委婉地劝石秀，不如到梁山去，论秤分金银，过着自由自在的生活。如果朝廷招安，大小还能做个官儿。石秀表示有机会一定去。戴宗和杨林告别石秀，去找公孙胜，没有找到，就回梁山泊去了。

杨雄紧追不放，抓住了张保，又找到石秀，感谢石秀相救，并和他结拜了兄弟，还请石秀住到家里。杨雄向自己的老婆潘巧云介绍了石秀。巧云的父亲潘公和石秀商量，让石秀在后院巷子里开了个肉铺，石秀点头答应了。石秀就在巷子里收拾了一间房，买了刀具砧板，又垒起猪圈，买来十几头猪，开张做生意。一天，潘公给前女婿王押司二周年忌日做祭奠，请石秀帮忙。下午，报恩寺的海和尚挑来经担，铺设道场。石秀就到厨房帮忙安排斋饭。杨雄说："今晚我值班，家里的事就麻烦兄弟多操心。"黄昏时，杨雄去值班，年轻的海和尚就和巧云眉来眼去。半夜，海和尚偷偷跑进潘巧云房里，潘巧云故意推开海和尚，说："你去跟我父亲说，要他明天去庙里烧香，我也一同前往，到时在庙里我们再找机会吧，这里人多嘴杂，尤其是那厚脸皮的石秀，一肚子坏水。"这话无意中让石秀听到，石秀想杨雄这样的英雄，却讨了这样一个淫妇，暗暗为杨雄抱不平。

第二天一早，杨雄从府衙回家休息，石秀去做买卖。潘巧云浓妆艳抹，打扮得格外妖艳，坐着轿子到报恩寺烧香。到了庙里海和尚把潘公灌醉，就和那女人到房间里快活去了。第二天趁杨雄值夜班，海和尚又到家里和那女人幽会。这样，两个人私底下通奸了一个多月。石秀发现了奸情，立即到衙门找杨雄。在酒店喝酒时，石秀把潘巧云和海和尚通奸的事，详细地告诉杨雄，杨雄听了大怒。回家后，见杨雄一个人气呼呼地跑回家，那女人感觉苗头不对，反咬石秀一口，哭着说："他趁你值班不在家时要非礼我，我死活不肯，他就……"杨雄听了，立即找石秀算账，对他吼道："是我杨雄看走了眼，引狼入室。我没亏待你，你为什么要这样对我?"石秀说："哥哥，你千万不要受那妇人挑拨。"杨雄骂道："你这忘恩负义的畜生，你给我马上滚!"石秀有口难言，只好走开。

这天黄昏，石秀见小兵搬走了杨雄的铺盖，知道杨雄当晚值夜班，就早早睡下，凌晨四点就埋伏在巷口，果然看见海和尚从杨雄家里走出来，被石秀一脚放倒，逼他脱得精光，然后捅了几刀。潘巧云听说海和尚被人杀死，不知所措。杨雄回家时也听说海和尚被杀，猜出这事一定跟石秀有关。又一想祭奠的事早已做完而海和尚死在自己家门口，那证明石秀说的是对的。他故作镇静地回到家里，对潘巧云说："我昨晚做了个梦，梦见有仙人来怪我，说媒人给我们说媒时许的愿还没还，我们今天去把愿还了吧。"

杨雄雇来轿子抬着潘巧云，就和丫头迎儿出了东门，走了二十里，来到翠屏山。轿子抬到半山腰，潘巧云下轿说："走了这么久，怎么还不见寺院？"杨雄说："就在前面不远的山上。"轿子走到一个僻静的地方，石秀已经在那里等候。杨雄说："你说我兄弟调戏你，你们就在这里对质，给我说个明白。"潘巧云看情况不妙，支支吾吾答不上话来。石秀扔出海和尚的头和衣裳说："怎么回事，请嫂嫂说个明白。"潘巧云这才知道，海和尚是被石秀杀死的，想叫喊，却被杨雄打翻在地，又捆在树上，塞住嘴。石秀递过一把尖刀，对杨雄说："你只要问迎儿就知道真相了。"在杨雄的逼问下，迎儿就把潘巧云与海和尚通奸的事一五一十地说了。杨雄拔出刀，一刀一个杀了潘巧云和迎儿。石秀说："哥哥，我们犯的可是杀人罪，官府不久就会到处捉拿我们，不如我们趁早逃到梁山泊去吧，听说那里聚集了很多英雄好汉。"杨雄点点头，两个人一同往梁山泊方向逃去。

半路，他们遇到鼓上蚤时迁。杨雄认识时迁，向石秀介绍，说他能飞檐走壁，专干偷鸡摸狗的勾当。石秀对时迁说："我叫石秀，不知道大哥要到哪里去？"时迁说："我现在生活没有着落，想去盗古墓，混口饭吃。"石秀说道："如今梁山泊招纳天下英雄好汉，我们想去投奔入伙。大哥不如跟我们一起去。"时迁犹豫了一下，说："恐怕他们不会收留我这样的人。"石秀劝道："梁山宋公明向来愿意结识江湖人士，我们去，他一定很开心。"时迁这才答应，于是三人一同上路。

他们过了蓟州，进入郓城地面，这天来到一座高山下，进了一家酒店。时迁问店小二："有酒和肉吗？"店小二道："肉已经卖完了，酒还有一些。"时迁说："算了，有什么吃什么吧！"石秀见房檐下摆着十几件兵器，问道："小二，这是什么地方，店里怎么有这么多兵器？"小二说："这里是祝家庄，离梁山泊很近。我们准备好刀枪，以防他们来抢劫。"

晚上，时迁端了一只香喷喷的鸡走进来。杨雄问："是哪里弄来的？"时迁说："下午出去撒尿，见屋后鸡笼里有只鸡，我就捉来杀了，在后边小河里洗干净煮熟，请二位吃。"石秀笑道："还是不改老本行。"店小二发现鸡没了，又见桌上有鸡骨头，断定是被时迁等人吃了，就上来理论。时迁说："见鬼了，我这鸡是在路上买的。"小二道："我的鸡哪里去了？"时迁说："被野猫拖走了，让黄鼠狼吃了，我怎么知道它去哪儿了！"石秀说："不要吵了，一只鸡值几个钱，我们赔你就是！"谁知店小二不答应，吼道："那是报晓鸡，店里缺不了。我不要钱，只要鸡。"石秀大怒道："你不讲理，老爷就是不赔了，你敢拿我们怎么样？"小二冷笑道："你别在这里撒野，也不打听打听这里是什么地方，小心拿你到庄上当梁山泊贼寇打！"石秀跳起道："我们就是梁山泊好汉，看你敢怎样？"小二大叫一声："有贼！"突然跳出几条大汉，直奔杨雄和石秀，石秀一拳一个把他们打翻在地。杨雄说："他们还会有人来，我们还是赶快跑吧。"三人背起包裹，拿起刀，朝林中小路跑去。走着走着，突然草丛中伸出两把挠钩，一下子把时迁钩住，拖进树林中去了。石秀刚要救他，又有两把挠钩向他甩来。杨雄眼快手疾,用刀一拨,把挠钩挡开。石秀、杨雄匆匆逃离这片林子。

天亮时,石秀、杨雄跑到一个村庄,他们找了家酒店里吃饭,忽然看见外边走进一个相貌奇特,体型粗壮的大汉,杨雄喊道:"小兄弟,你怎么在这里?"石秀问是什么人,杨雄说:"他叫杜兴,因为相貌丑陋,人称鬼脸儿。"这个杜兴在蓟州打死人,杨雄帮过他,才逃到这里,因此把杨雄当救命恩人。杜兴说:"这里有三个村庄,中间是祝家庄,西边是扈家庄,东边是李家庄。我在李家庄做主管。"杨雄问:"李家庄庄主是不是扑天雕李应?"杜兴说:"正是他。这三个村庄数祝家庄势力最大。庄主是祝朝奉,有三个儿子,还有个教练叫铁棒栾廷玉,武功高强。扈家庄庄主有一儿一女,女儿武功非常好。"杜兴当即领着杨雄、石秀到李家庄拜见李应,说明原因,杨雄请求道:"希望大官人写封信给祝家庄,放了时迁,我会记住你的恩情的。"李应就叫人写了封信,叫杜兴亲自去见祝朝奉请求放人。杜兴去了很久才回来,对李应说:"我到了祝家庄,说明去的原因。可祝家三公子祝彪看完信就变了脸,说时迁是梁山泊强盗,要押送官府,不能放他。"

李应吃了一惊:"他们祝家和我李家是生死之交,怎么会不同意呢?"杜兴道:"他们根本就不顾交情。还说,要是惹恼了他,把老爷你也抓起来,和梁山泊贼寇一起交给官府!"李应听了,火冒三丈,立即穿上盔甲,提着武器,骑马奔向祝家庄。杨雄和石秀也连忙跟了去。李应来到祝家庄外,对着祝彪骂道:"你这小子乳臭未干,就不顾我们两家生死之交,还敢羞辱我!"祝彪说:"你勾结梁山贼寇,就是想造反,还说什么生死之交,你快走,否则连你也抓了!"李应大怒,拍马挺枪直奔祝彪,两人打了十几个回合,祝彪打不过李应,抽马就往回跑,暗中取下弓箭。李应只顾往前追,没料到祝彪回转身就是一箭,李应被射中肩膀,翻下了马。祝彪勒转马来抓李应。石秀上前挡住祝彪,杨雄一刀砍伤祝彪的马腿。杜兴趁机救回李应。

第二天,杨雄、石秀向李应告辞说:"庄主中了祝彪的暗箭,是我们连累了大官人。现今只有上梁山泊请他们来救时迁。"李应说:"不是我不肯帮忙,实在是没有办法,请两位不要怪罪。"石秀、杨雄当即上了梁山泊。

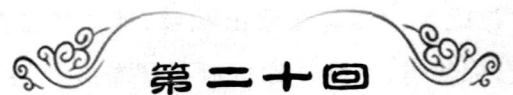

第二十回

孙新劫狱救兄弟

  时迁被祝家庄抓去的时候，登州城正发生一起劫狱救兄弟的案件。

  登州城外有家酒店，酒店的主人是一对习武的夫妇，丈夫叫孙新，妻子叫顾大嫂，外号母大虫，两人都有一身好功夫。这天，顾大嫂正在酒店里招呼客人，忽然一个人慌慌张张地跑到店里，悄悄地对顾大嫂说："你的两个兄弟解珍、解宝射了只老虎，被乡里的一个土财主抢去了，那财主还硬说他们是贼，把他们抓起来，现在关在大牢里。听说性命都难保，你赶紧想办法救他们。"顾大嫂一听，心里很着急。原来，登州城外有一座山，不久前出现了一只老虎，经常出来咬人。官府下令，让当地的猎户捕捉老虎，到期捉拿不到，就要罚款。登州有兄弟俩，都是猎人，一个叫解珍，一个叫解宝。他们为了捉住老虎，天天在山上守候。一天晚上，两人正在睡觉，忽然听到虎啸声，走近一看，一只老虎中了药箭，正在地上打滚。原来这只老虎踩了他们埋伏的机关，中了带有麻醉药的箭。那只老虎见有人来，赶忙爬起来就跑。两人哪里肯轻易放过它，连忙去追。追到半山坡，老虎滚到山下去了。

解珍说:"山下是毛太公的后花园,咱们去他家里找。"

到了毛太公的家,天已经亮了。他们去敲门,开门的正是毛太公,兄弟俩说明来意,毛太公说:"既然是落在我的后院,就不会有人敢来抬走的。你们放心,先在我这吃了早饭再去抬也不迟。"两人见毛太公那么热情也不好拒绝。吃完饭,两人起身对毛太公说:"谢谢您的招待,请带我们去后花园抬虎吧。"毛太公又说:"两位不用着急,喝杯茶再去吧。"两人没有办法,只好又坐下,喝了茶。过了大半天,毛太公才说:"两位和我一起去抬虎吧。"到了后花园,根本看不见老虎的踪迹。兄弟俩很奇怪,就沿着山边找。忽然,弟弟解宝大声叫道:"哥哥快看,这里有血迹! 那只老虎一定是被别人抬走了!"那毛太公一听,不高兴了,说:"这里一直没人来过,怎么会被人抬走,这血迹又怎么一定是老虎留下的呢。"解珍说:"老伯,老虎一定是被您的家人抬走了,请交还给我们吧。"

毛太公大怒,说:"我好心招待你们,谁知道你们竟敢诬陷我,快给我滚!"说着,就叫人来打他们。兄弟俩没有办法,只好垂头丧气地走了。他们刚走到门口,毛太公的儿子骑着马回来了,后面还带着许多家丁。兄弟俩对他说:"我们俩射死了一只老虎,被你们家的人抬走了,你爹不但不给,还叫人打我们。"毛太公的儿子说:"可能是被哪个家丁藏起来,我爹不知道,你们跟我进去看看吧。"兄弟俩听了,当然高兴,急忙跟着毛太公的儿子回家。谁知到了毛家,毛太公的儿子突然翻脸,让人把兄弟两人绑了起来,送到官府,说他们拿着尖刀闯到毛家企图抢劫。官府就把他们关进大牢。县衙有个官员叫王正,是毛太公的女婿。毛太公叫王正买通牢头包吉,要在牢里结果了解珍、解宝。其实,早上那会,毛太公一面稳住解珍、解宝兄弟俩,一面偷偷叫自己的儿子把老虎抬走。顾大嫂听说解珍、解宝两兄弟遭人陷害,急坏了,忙把丈夫找回来商量。孙新仔细想了想,说:"这财主有钱有势,官府里又有靠山,我们没有其他办法,只能劫狱了。"顾大嫂一听,说:"劫就劫,我现在就去做准备。"孙新连忙拉住她,说:"你也太急躁了,就我们两个人是根本救不了他们的。得多找几个人,还要想想劫完后,我们还得有个藏身之处啊。"顾大嫂还没等孙新说完,就急忙说:"你这样慢慢计划,我兄弟在牢里早没救啦!不行,今天晚上一定要去。"孙新赶忙拦住她,说:"你先别着急,我去找牢里的朋友,请他们帮忙,先保住兄弟俩的性命再说。明晚我们再行动。今晚先去跟我大哥说说,叫他一起去。他认识的人多,到时成功的可能就更大。然后,我们一起去投奔梁山泊。"

孙新的大哥叫孙立,是登州的军官。顾大嫂怕孙立不肯帮这个忙,就说:"大哥是官府里的人,捧着铁饭碗,他怎么肯和我们一起去梁山当强盗?"孙新故作神秘地说:"我自有办法,我们……"顾大嫂听完,笑了笑,连忙点头说好。她立即找来一位伙计,说:"你快去叫我大哥过来,就说我得了重病,最后有几句话跟他说,请他快来。"孙立一听,马不停蹄地赶到弟弟家,他一进门,见顾大嫂好好地坐在店里,不禁吃了一惊,连忙问:"弟妹得的是什么病啊?"顾大嫂唉声叹气地说:"我得的是救兄弟的病!"孙立一听,更奇怪了,问:"救什么兄弟啊?"顾大嫂假装生气地说:"大哥是真的不知道呢,还是假装糊涂! 我两个兄弟被人陷害,如今关在大牢里。难道他们就不是你的兄弟?"孙立又吃了一惊,忙问:"我还真不知道,哪两个兄弟?"于是孙新就把解珍、解宝遭人陷害的过程讲了一遍。

他问孙立:"我们准备劫狱,然后去梁山泊,你去不去?"孙立听了,连忙摇头,说:"不行! 我是登州兵马提辖,怎么能干这种违法的事情,你们还是想想别的办法吧!"顾大嫂一听孙立说出这样的话,就从袖口里拔出一把刀来,"哐当"一声插在桌子上,瞪大眼,狠狠地说:"你不去算了,我们自己去就是了。不过你要想清楚,我们走了没事,留下来的却要倒霉。到时候我们走了,那帮混蛋把你抓去坐牢,我们可就不会来救你了!"孙立想了想,口气软了下来,说:"既然你们都已经决定了,我只好跟你们一起干了!"夫妇俩一听,都笑了起来。孙立说要回去收拾行李包裹,顾大嫂怕他中途变卦,就说明晚行动前再去拿行李也不迟。

第二天晚上,顾大嫂假装成送饭的,先到牢里,与牢里的朋友联系好,请他们把兄弟俩的枷锁给开了。暗自把刀子给了解珍、解宝,并告诉他们今晚行事,没想到被牢头包吉看见,要抓顾大嫂。这时,孙立带着一些心腹兄弟冲进牢里,解家兄弟杀死包吉,冲出牢房。其他几个守卫见是孙提辖领着人劫狱,都不敢上来拦他们。毛太公和儿子毛仲义、女婿王正这时正在家里喝酒,孙立等人突然闯了进来,把他们全家杀光,抄了毛家全部金银财宝,连夜投奔梁山泊去了。

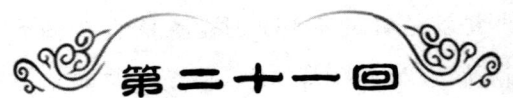

 巧计攻破祝家庄

　　石秀、杨雄两人比孙新他们早几天到了梁山先见了戴宗、杨林，又见过晁盖、宋江和各位头领。晁盖让人摆了酒席给他们接风。酒席上，杨雄说到他们三人走到祝家庄，因为偷了店里鸡和店小二发生争执，大闹祝家庄，时迁被抓的经过。晁盖听了，不由得大怒，喝道："把杨雄、石秀绑了斩首！"正当晁盖叫人把杨雄、石秀推出去斩首时，各位头领一齐求情，晁盖才没杀他们两人。

　　第二天，各位英雄好汉聚集到聚义厅，商量怎样攻下祝家庄。宋江立即领两批人马下山。头一批由宋江、花荣带领，第二批由林冲、秦明带领，在离祝家庄不远的独龙山安营扎寨。宋江召集众将议道："祝家庄里路径很复杂，像迷宫一样，先派人进去探明路线才好攻打。"石秀、杨林请命去探路。宋江问道："怎么进去？"石秀说："现在我们大部队驻扎在这里，他们肯定已经有了防备，只有假扮成什么人才好进去。"杨林说："我扮作道士。"石秀说："我就假扮成打柴的吧。"石秀挑了一担柴进了祝家庄，路上遇见一位老人，他上前很礼貌地问道："老人家，这里是什么风俗，门前都摆着刀枪？"老人说:"你是外来人,不知道,得!这里要打仗了,赶快走吧。"

石秀道:"我是从外地来这做生意的。因为亏了本没办法回去,只好以卖柴为生。要是打起仗来我可怎么出去呀?"老人说:"你是外人,我就偷偷告诉你,你看见白杨树就转弯,不管路宽路窄,其他的都是死路。"他们正在交谈,忽听到有人吵吵嚷嚷,有人喊:"抓到一个奸细。"石秀吃了一惊,躲身到柴捆后面,只见七八个军卒绑押着装扮成法师的杨林走了过去。接着有人骑马过来,边走边喊:"百姓听着:今晚的信号是红灯,大家一条心,捉拿梁山泊贼寇,送到官府,官府有重赏。"一时间,祝家庄里到处埋伏着士兵。石秀不敢贸然出庄,决定等天黑以后再说。

晚上,宋江见杨林、石秀迟迟不回来,担心有什么变故,就率领大军杀向祝家庄。到了庄前,只听庄里一声炮响,庄门楼上弓箭如雨点一般地射过来,宋江急忙命令大军撤退。忽然后边传来杀声,李俊来报告:"后面的路已经被堵住,我们中了埋伏。"这时只听山顶上又一声炮响,四周杀声震天动地,祝家庄兵马杀了出来。宋江抵挡不住,又无路可退,只得命令道:"向有光亮的地方、有人家的地方,找路出去!"谁知有光亮的地方,地上布满了竹签、铁蒺藜和鹿角,刺伤了很多士兵。

正当进退两难的时候,石秀回来了,对宋江说:"哥哥不要慌,我知道路。看见白杨树就转弯,别管路宽路窄。"宋江按照石秀说的,看着白杨树走。正走着,忽然冒出大队敌军拦住去路,宋江忙问:"怎么会碰到大队敌军?"石秀指着远处的红灯说:"那是信号,指挥他们的军队堵截我们。要是能打掉红灯就好了。"花荣道:"这不难!"他拉起弓箭,一箭向红灯射去,不偏不斜,恰好把红灯射了下来。敌军失去了红灯指引,不知宋江的去向,宋江人马终于走出了祝家庄。

天亮了,宋江回到营寨,清点人马,发现黄信被俘虏了,心里很不是滋味。杨雄说:"东村李应被祝彪射了一箭,现在庄里养伤。是不是去找他商量商量?"宋江说:"你不说我倒忘了,现在就去!"

宋江来到李家庄,李应认为宋江是反贼,不愿见他。杜兴出来见宋江说:"现在李应和祝家庄不和,不会帮他们,请你们放心。只是西边扈家庄庄主的女儿是祝彪未婚妻,肯定会帮助他们。攻打祝家庄要东西夹击,祝家庄地势复杂最好在白天进攻。"宋江谢过杜兴,带人第二次攻打祝家庄。宋江带领人马来到庄前,见祝家庄门口打出两面旗子,上面写着"填平水泊擒晁盖,踏破梁山捉宋江",不禁大怒,即下令矮脚虎王英随自己去攻打西门,秦明和戴宗打东门,林冲等人随机应变。宋江来到西门,也就是后门,只见扈家庄女将一丈青扈三娘带领人马杀过来。宋江命令邓飞、马麟把住祝家庄后门,自己领着王英、欧鹏迎战扈三娘。

王英好色,看见是个女人,忙上前迎战,扈三娘舞刀过来。两人斗了三十余回合,王英体力不支,拍马逃走。扈三娘急追,很快就追上王英,她把王英一揪,抓离了马鞍,活捉去了。祝家庄教练栾廷玉怕扈三娘有什么闪失,从后门杀出来。邓飞、马麟抵挡不住,欧鹏赶了来。栾廷玉并不交战,拍马往旁边跑去,欧鹏在后边追赶,栾廷玉回身打出暗器,欧鹏被打下马。

宋江连失两员大将,栾廷玉又领兵杀来,正在节骨眼上,秦明赶过来,和栾廷玉厮杀起来。斗了二十多回合,栾廷玉落荒而走。秦明忙去追赶,被埋伏在草丛中的绊马索绊倒,被活捉去了。宋江带领人马往回跑,正好碰上来接应的穆弘、杨雄、石秀的人马,又返回去迎战栾廷玉、祝龙和扈三娘。双方兵马混战在一起。宋江见天色已晚,领兵边战边退。扈三娘认为有机可乘,飞马来捉宋江。突然豹子头林冲赶来,喝道:"你这婆娘不要太嚣张了!"扈三娘就向林冲杀过来,林冲用枪挡住扈三娘的刀,然后扭身把她活捉过去,收兵回营。

宋江觉得战况不佳,很不开心。吴用带五百人马来助战。宋江对吴用说:"祝家庄说要活捉晁盖和我,现在已经捉去杨林、黄信、王英、秦明和邓飞,损兵折将,我没脸回去见晁大哥了!"吴用说:"现在有个机会可以攻破祝家庄。"宋江忙问什么机会,吴用说:"登州府兵马提辖孙立因犯了人命官司带领亲友来投奔梁山泊。他是栾廷玉的师兄,叫他伪装路过这里,去拜见栾廷玉,然后里应外合打进祝家庄。"

宋江听了说:"这下好了,马上依计行事。"扈家庄扈成拿很多礼品来见宋江,要求放了扈三娘。宋江说:"你放了王英,我就放了你妹妹。"扈成说:"王英被关在祝家庄,我哪里敢过去放人啊!"宋江说:"你妹妹已经被送上梁山泊,保证不会动她一根指头。"

孙立等人按计划来到祝家庄。栾廷玉把孙立介绍给祝家父子。孙立谎称得到总兵府文书,任命自己为郓城提辖,提防梁山泊。栾廷玉说:"最近梁山泊贼寇来骚扰我们,已经被我们捉了几个人。你能来帮忙,真是太好了!"祝朝奉说:"我也会听你的调遣,今后请多指教。"孙立道:"我愿意配合你们一起捉拿梁山泊贼寇。"栾廷玉心里很是得意。

第二天,两军对阵,孙立穿上盔甲,跨着战马立在队伍中央,石秀出来挑战,孙立拍马向前。两人斗了五十多个回合,孙立使了个虚招,石秀抓着枪刺过来,孙立一闪身,轻轻就把石秀抓了过来。祝朝奉为孙立摆酒庆功。孙立问:"一共抓了多少人?"祝朝奉说:"加上今天将军捉的,一共七个。"孙立说:"一个也不要杀,给他们好酒好肉,交上去时肥肥胖胖才像个土匪样,等抓到晁盖、宋江再一起押到东京,那时祝家庄就名闻天下了。"

过了几天,宋江兵分四路第三次攻打祝家庄。栾廷玉和祝家三兄弟分四路出兵迎战。庄里空虚,解珍、解宝、顾大嫂等人拿起兵器,先杀死把守的庄兵,劈开囚车,放出石秀等七人。接着顾大嫂到后房,把屋里的人一刀一个都杀了。祝朝奉见势不好,撒腿就跑。石秀赶上去,一刀砍翻,割下他的头。解珍、解宝杀散庄兵,在马草堆里点燃大火,一时间黑烟冲天而起。

从后门出来应战的祝虎打不过吕方和郭盛,又看见庄里起火,连忙赶回庄里,被守住吊桥的孙立拦住。祝虎这才知道孙立和梁山贼寇是一伙的,吕方和郭盛追上来把他打翻,捅了他几刀,祝虎当场毙命。东面,林冲和祝龙交战,祝龙战败,勒马想逃走。李逵追了上来,举起板斧砍断祝龙的马腿,祝龙摔下马。李逵上去又是一斧将他劈死。

祝彪兵败逃往扈家庄,恳求看在姑爷份上给他一条活路。扈成把他捆送给宋江,没想到半路上却碰到杀得正起劲的李逵,李逵上前一斧砍死了祝彪,又要去杀扈成。扈成骑马逃走。

孙立、孙新等人迎接宋江兵马进入祝家庄。宋江坐在正厅,头领们都来献功。宋江说:"可惜杀了栾廷玉!"这时李逵献功说:"我杀了祝龙、祝彪,烧了祝家庄,杀了扈家老小。可惜叫扈成那小子跑了。"

宋江喝道:"你怎么在扈家庄烧杀?扈成不是投降了吗?"李逵说:"我杀顺手忘记了,只记得那天那个臭女人说要杀你,我是替你报仇,你怎么倒替他们说话?那女人又不是你的老婆,何必包庇岳父小舅子?"大家听了,都笑了起来。宋江怒喝道:"你这铁牛!不要胡说。你违犯军令,本应该斩了你。看在杀了祝龙、祝彪的份上,扯平了。下次违抗军令,一定饶不了你!"随即传令返回梁山泊。

扑天雕李应听说祝家庄已被宋江攻破,喜忧参半。这时,庄客来报:"本州知府带领三十多名军卒到庄上来,说是来询问有关祝家庄的事。"李应连忙叫杜兴开门迎接官员。由裴宣、萧让、侯健、金大坚等人假扮的知府、孔目、虞侯、节级来到李应厅里坐下。知府问:"祝家庄是怎么被盗贼攻破的?"李应答道:"我肩臂受伤,很长时间没出门了,祝家庄的事我不知道具体情况。"假知府说:"胡说!祝家庄有状子,告你勾结梁山泊贼寇,接受梁山泊的金银,帮助他们攻打祝家庄。难道还想抵赖不成?"李应答道:"我是个遵纪守法的公民,怎么敢接受他们的东西!"

知府又说:"谁信,请你到府衙里去和他们对质。还有主管杜兴是谁?"杜兴在旁答道:"我就是。"假知府道:"状上也有你一份。"吩咐手下把他也一起带走。府衙官员押着李应和杜兴,走了三十多里,来到一片树林边。突然宋江、林冲领着手下拦住了他们。官府人员抵抗不住逃走,宋江叫人放出李应和杜兴。

宋江对李应说:"官府这样对待你,不如跟我们一起上山过着自由自在的生活。"李应道:"这哪里行啊,我不能反叛朝廷!"宋江说:"既然大官人不肯做强盗,先上山避几天,等风声过了再下山不迟。"李应上山后对宋江说:"你已经回山寨和头领们相聚了,还是让我下山回家吧。"吴用笑道:"大官人不要回去了,你的家人已经接上山了。"李应这才知道那些所谓的政府官员是假的。原来吴用为了争取李应,让铁面孔目裴宣、圣手书生萧让、通臂猿侯健和玉臂匠金大坚假扮成知府、孔目、虞侯、节级,把李应骗到这里。李应想想现在也没有别的办法了,只好落草。

宋江做主把扈三娘嫁给了王英,了却了在清风山许下的心愿。王英和扈三娘当天就在山寨举行婚礼。大家都说宋江有德有义,梁山泊上下一片欢腾。

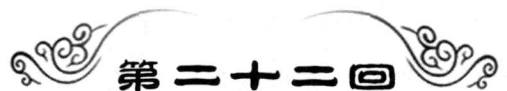

第二十二回

雷横枷打白秀英

　　攻破祝家庄后，梁山好汉又开始操练军队，不敢有半点懈怠。而正在梁山泊养精蓄锐的时候，宋江的老家郓城县又发生了一起命案。

　　郓城县有个都头叫雷横，在生辰纲的案子里他和朱仝曾一起捉拿晁盖，人称插翅虎。雷横很爱听戏，为了听歌妓白秀英唱戏，惹出祸来，差点丢了性命。这天，他听说戏院里来了个叫白秀英的戏子，不仅人长得漂亮，戏也唱得很好。他就来到戏院，找个前排的位置坐了下来。那白秀英的歌声悠远清亮，唱得很好，台下的观众都拍手叫好。一曲唱完，白秀英就拿出盘子说："请各位给点赏钱。"

　　雷横坐在前排，白秀英来到他面前。雷横伸手到口袋里一摸，没想到一分钱也没带，就说："对不起，我今天忘带钱了，明天再一起赏你吧。"白秀英说："大人您坐在前排，应该带个头才对呀。"雷横说："我真的没带钱，下次一定多赏你一些。"那个白秀英不是个省油的灯，她一听就不高兴了，说："你既然是专门来听戏的，怎么会忘了带钱呢？是不舍得给吧。"雷横急得脸都红了，说："不是我舍不得给你，而是真的忘了，如果我带了，多赏你一些也没问题。"白秀英一脸瞧不起人的样子，冷笑着说："你现在连一分钱都没有，还怎么多赏给我，真是说得比唱得还好听！"这时，白秀英的父亲也过来帮腔，冷嘲热讽地说："女儿啊，你少跟他废话了，也不看看是什么人就去讨赏钱，他要是能拿出钱来啊，狗头上都会长出角来。"周围的人都大笑了起来。

雷横大怒，说："你竟敢侮辱我！"那老头还在那叫骂："就是骂你这种乡巴佬，没钱还敢出来丢人现眼！"有人认识雷横，对那老头说道："不要这样讲，他是我们县的雷都头。"谁知道那老头更来劲了，说："都头有什么了不起的，没钱想白看戏，也不嫌丢人！"雷横再也忍不下去了，揪住老头就打，打得他哇哇乱叫，牙齿也掉了。大家见雷横真的发火了，都赶上前劝架，把雷横劝回家去了。到了家里，有朋友告诉他："你今天可闯大祸了，那白秀英是知县的情妇。一般人都不敢惹她，你还是出去躲一躲吧。"雷横听了，说："怪不得他们父女那么嚣张，原来是有靠山的！"朋友说："那是，要是没有后台，一个戏子能这么狂妄吗？"雷横说："我是县里的都头，为县里办了那么多大案要案，知县大人会给我公道的。"

白秀英见父亲被打，就哭哭啼啼跑到知县面前告状。那知县听了白秀英的话，大怒，喝道："来人！立即把雷横给我抓起来！"雷横被抓起来打得皮开肉绽。白秀英心里还不解气，她对知县说："我要你命令人把雷横带上木枷，绑在戏院门口，要他当众出丑。"知县乖乖地照办了。雷横这才知道，原来这根本就是个狗官。雷横的老母亲听说儿子出事了，颤巍巍地跑来看他。她见自己的儿子满身是伤,哭了起来,一边哭一边给雷横松绑,嘴里还骂道:"这个不要脸的女人,仗势欺人,我就是解开了绳子,看她又能拿我这个老太婆怎么样?"

白秀英听了,走出来呵斥道:"你这死老婆子骂谁?"雷横老母亲正在气头上,就指着白秀英骂道:"我就骂你这个不要脸的女人!"白秀英听了,气得瞪大了眼睛,说:"你这贱母狗竟敢骂我?看我不打死你!"说着,冲过去,就给了雷母一巴掌,雷母被打得一个趔趄,差点摔倒。她刚想说话,白秀英又跨前一步,狠狠地抽了雷母几个大耳光。雷横看见母亲挨打,气得怒火冲天,他大吼一声:"你这贱人,我跟你没完!"挣断木枷,举起来就往白秀英脑袋上打下去。只一下,就打得白秀英脑浆流了一地,眼珠突出,倒地死了。

雷横打死了白秀英,知县气得叫人把雷横打入大牢,押送济州斩首。知县派捕头朱仝押送雷横去济州行刑。走到半路上,朱仝对雷横说:"快回家去接你的老母亲,连夜逃到外地去,这里有我顶着。"朱仝是雷横一起办案的搭档,想帮雷横躲过这一劫。雷横说:"我要是走了,就会连累哥哥,我不能走。"朱仝说:"知县怪你打死了他的情妇,一定要置你于死地。你还有老母亲要养,我放了你不会是死罪,放心走就是。"雷横谢了朱仝,回家接了老母亲,投奔梁山泊去了。

朱仝因为放走了雷横,被发配到沧州牢城。沧州知府见他一表人才,又讲义气,就让他在府里做事。朱仝留着一把漂亮的胡须,人们也叫他美髯公。知府四岁的儿子很喜欢朱

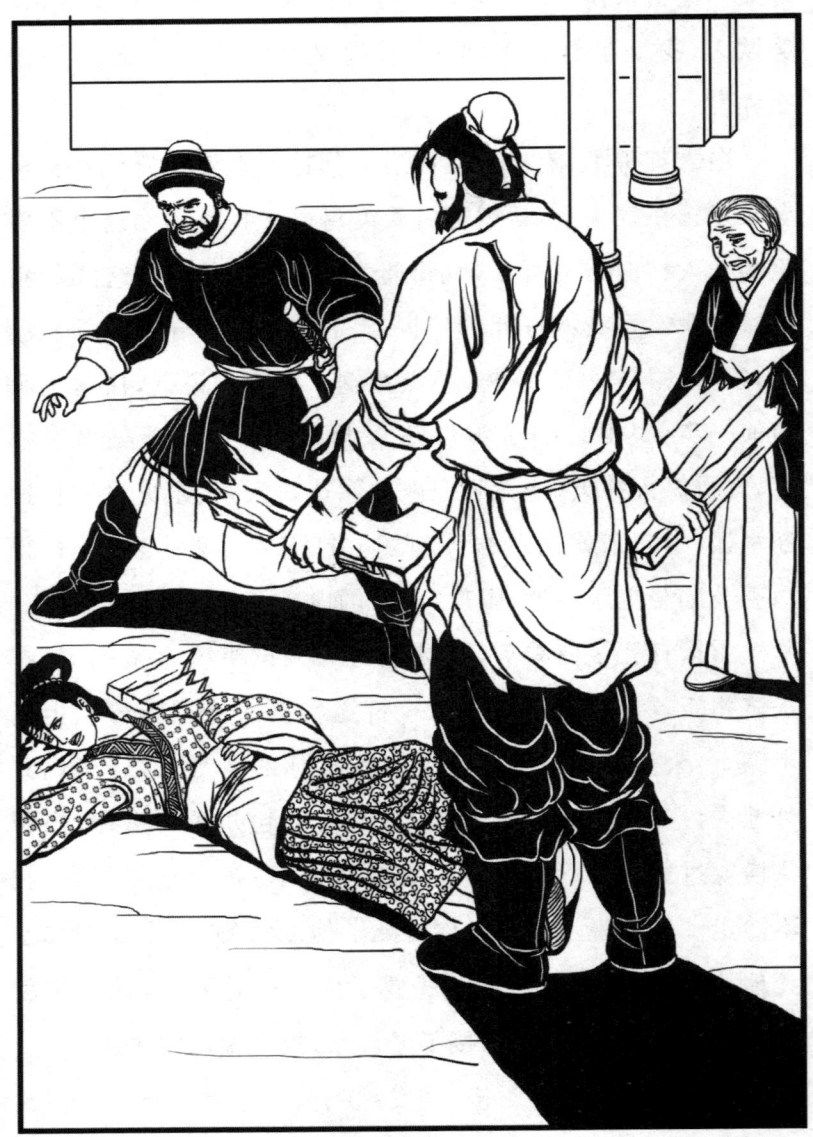

雷横枷打白秀英

仝的胡须,常闹着要朱仝抱他,因此朱仝就被留在府里带小衙内。朱仝现在只想平平静静地过日子,但事与愿违,又一件事打破了这短暂的平静。七月十五日灯会,城里到处点放河灯。当晚朱仝抱小衙内到地藏寺看河灯,小衙内爬到栏杆上看放生池里的河灯。这时朱仝忽然感觉到有人在拽自己的衣角,转身一看,吃了一惊,原来是雷横。他赶紧低声说:"你怎么会在这里?"雷横没回话。朱仝转身对小衙内说:"我去买糖给你吃,你就在这里等我,千万不要到处乱跑啊!我很快就回来。"朱仝拉着雷横到了一个僻静的地方。朱仝问:"你不是投奔梁山泊去了吗,怎么会在这里?"雷横说:"我投奔梁山泊,说了哥哥的恩情,宋江哥哥特地叫我和吴军师来看你。"朱仝问:"吴用在哪里?"吴用从黑暗里走出来说:"山寨各位头领都问候你,今天我和雷横特地来这里请你上山,一起干大事。"朱仝说:"雷兄弟因为失手杀了人,犯了死罪,不得上山。我的罪行不重,一年半载又可成为普通老百姓,我不想上山。"吴用只是叹了口气,并没说话。

朱仝心里惦着小衙内,就说:"我还有事,先走了。"没想到回到放生池边却找不到小衙内了,正焦急万分的时候,雷横跟了过来说:"可能是和我们一起来的兄弟把小衙内抱走了。"朱仝更急了,说:"小衙内是知府的命根子,回去晚了,知府会怪罪的。"催促两人赶紧带他去找。吴用在旁边装作不经意地说:"一起来的那个兄弟有些鲁莽,可能把他抱回梁山去了吧。"朱仝忙问:"那个人是谁?"雷横装作不太知道的样子说:"可能是黑旋风李逵,我们一直跟你在一起,也不太清楚啊。"

吴用、雷横带着朱仝走了二十多里,只听见李逵在前边叫道:"小衙内在这里。"朱仝忙问:"在哪里?"李逵指着前面的一片树林说:"在树林里睡着啦。"朱仝慌忙跑到前边树林里,见小衙内躺在地上。他走上前,正要把小衙内抱起来时,才发现小衙内已经被劈成两半,早就没了气。朱仝不由大怒,转身找李逵,不料三个人却都不见了。朱仝正四处搜寻,忽然听见李逵在远处叫道:"来,来,我和你斗几十回合。"朱仝满腔怒火,追向李逵。

李逵在前面跑,朱仝在后面追。追了一阵,他见李逵进了一家大庄院,也追了进去。谁知道柴进从门里走出,把朱仝带到后堂说:"宋大哥见你在沧州带小孩也不是长久之计,叫吴用、雷横和李逵请你一起上山,但你不肯,才杀了小衙内以断了你的退路。希望你能体谅弟兄们的渴望之情,不要责怪他们。"

听了柴进的劝说,朱仝怒气才消了一些。就在这时吴用、雷横出来赔罪说:"大哥不要生气,这是宋江哥哥的命令,你上了山就知道了。"朱仝没有办法,说道:"我现在只得上山了,知府不会放过我的,但是李逵在山上,我死也不去。"柴进就说:"那李大哥就先在我这里住几天,你们三个人先上山。"朱仝又说:"出了这样的事,我家里人会受牵连的。"吴用笑着说:"哥哥放心,公明哥哥早把哥哥家人接上山了。"

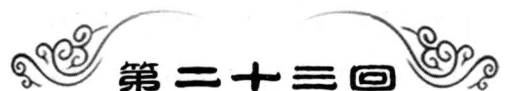

第二十三回

李逵索命殷天锡

　　李逵杀了小衙内,朱仝还生他的气,于是李逵当时没回梁山泊,在柴进庄上住了一个多月。一天,柴进收到一封信,看完信告诉李逵他在高唐州的叔叔柴皇城病得很重,有要紧事嘱咐,他要立即赶去高唐州。李逵要和柴进同去,柴进答应了。

　　柴进带着李逵来到高唐州叔叔家里。柴进叔叔的小妾说新来的知府高廉,是高俅的堂弟。高廉的舅舅殷天锡看上了柴家的后花园,限柴家七天之内必须搬出去,叔叔与他理论反而被他殴打,气出病来。柴进到时,叔叔已经奄奄一息,老泪纵横地对柴进说:“殷天锡欺人太甚,只有侄儿你能为我报仇,你到东京告状去,九泉之下,我也瞑目了。”说完,一命呜呼了。柴进痛哭不已,给叔叔办了后事。

　　过了几天,殷天锡带着人马到城外游玩,喝得醉醺醺来到柴府,柴进穿着孝服出来应付。殷天锡在马上呵斥道:“你们这些狗奴才怎么还不滚?”柴进说:“我叔叔病重,不好移动。现他刚去世,请宽限几天。”殷天锡骂道:“放屁!我叫你们给我马上滚,还不滚就先把你抓起来,打一百棍。”柴进道:

"我家是龙子龙孙,有先朝丹书铁券,不能随便打。"殷天锡说:"拿出来给我看看。"柴进说:"丹书在沧州家里,已经派人去取了。"

殷天锡大怒道:"好小子竟敢胡说,你就是有丹书铁券我也不怕。来人,给我狠狠地打这个臭小子!"他的随从马上围上来就要打。李逵突然冲出门,大吼一声把殷天锡揪下马,一拳打翻。殷天锡的随从刚要上来救,被李逵一顿拳脚打倒几个,其他的连忙逃走了。李逵提起殷天锡又是一顿暴打。殷天锡流血不止,不一会就死了。柴进见李逵打死了殷天锡,知道祸闯大了,就叫李逵赶快回梁山泊。李逵说:"我走了你怎么办,官府会把你抓去的。"柴进说:"我有丹书铁券书护身,不用担心,你赶快走!"李逵拿起板斧,从后门走了。

知府高廉听说了,立即派人把柴进抓进衙里,喝问:"你吃了熊心豹子胆,竟敢打死殷天锡?"柴进说:"我是柴世宗后代,有先朝所赐丹书铁券。叔叔刚病逝停丧在家里,殷天锡逼我们搬家,还叫随从打我,被我的朋友李大打死。"高廉问:"李大现在在哪里?"柴进说:"他害怕逃走了。"高廉道:"李大到你家只是个客人,没有你的指使怎么敢打死人,看来不打你是不肯招的。"说完叫手下将柴进往死里打,柴进被打得皮开肉绽,只得承认是他指使李大打死了殷天锡。

李逵回到梁山泊后,宋江马上派戴宗去打探消息。晁盖、宋江得知柴进已经被打入死牢,还被抄了家,就责怪李逵不该打死殷天锡。李逵不服,说:"柴皇城被气死了,那鸟人还要来强占房屋,又要打柴大官人,就是佛也忍不住。"宋江说:"柴大官人有恩于我,我得下山去救他。"吴用说:"高唐州城池虽小,但兵广粮多,不能轻视。"晁盖就命令林冲、花荣等十二位头领带五千人马为先锋,宋江和吴用带兵三千在后头接应。林冲的兵马到达高唐州,高廉带领部下和三百神兵迎战。林冲出阵喝道:"你们这些害民狗官!我早晚要到京师,把高俅老贼碎尸万段。"官军统制官于直出阵挑战,被林冲一枪刺到心窝,跌下马死了。高廉一见,大吃一惊,赶忙从背上拔出宝剑,口里念念有词,大喝一声,只见半空中升起一道黑气,顿时飞沙走石,震天动地,向梁山泊兵马扫过来。林冲兵马不能相顾,高廉把剑一举,三百神兵把林冲兵马冲散。

宋江领兵马到来,林冲报告首战失利。宋江吃惊道:"是什么神术,这么厉害?"吴用说:"这是妖法,若能把风挡回去,就可破敌。"宋江听了就打开天书,找到破解的方法,记住咒语和秘诀。第二天一大早,就去破阵杀敌。宋江人马摇旗呐喊,杀到城下,高廉领兵出城,两军摆开阵势。高廉又作起法来,顿时黑气又起,狂风卷来。

宋江嘴里也念念有词,右手提剑一指,说声:"疾!"那阵风不向梁山泊军阵吹来,反倒向高廉官兵阵里刮去。宋江立即命令兵马冲杀过去。高廉见风向大转,急忙拿出聚兽铜牌,用剑敲动。顿时,神兵阵中卷起黄沙,跑出一群猛兽,有狮子、老虎、豹子、豺狼、蟒蛇……向梁山泊军阵冲来。宋江人马大惊失色,急忙撤退。高廉追了二十多里才收兵。宋江兵败回营,对吴用说:"连败两阵,这可怎么办才好?"吴用说:"我们连败两次,高廉一定认为我们现在士气低落,今晚可能来劫寨。我们要做好准备。"宋江说："把大军转移到其他地方，这里只留杨林、白胜埋伏起来，见机行事！"晚上突然风雨大作，杨林、白胜领三百人伏在草丛里等待，只见高廉带领神兵悄悄进入寨里，见是一座空寨，立即下令撤退。杨林、白胜突然杀了出来，一阵乱箭，射中高廉左肩。高廉在神兵的掩护下逃回城里。

宋江想不出破敌的办法，心里忧闷，和吴用商量调梁山泊大队人马过来支援。吴用说要破高廉的法术只有请公孙胜回来。宋江急忙派戴宗和李逵再次去找公孙胜，并嘱咐他们不要在城镇里搜寻，只有到大山里去找才能找到。

戴宗为抢时间，用神行法帮李逵行走，但用这种办法只能吃素，不能吃荤，李逵答应了。可是晚上到了酒店，李逵却瞒着戴宗，偷偷吃了些牛肉。戴宗看在眼里，决定第二天惩罚一下李逵。第二天，戴宗拿出四个神行法用的甲马，给李逵腿上绑了两个，自己绑了两个。他吩咐李逵先走，在前面店里等他，说完念起咒语，又在李逵腿上吹了口气。只见李逵甩开两脚，如同腾云驾雾，飞似的走了。李逵走了大半天，肚子饿得咕咕叫，看见酒店，念着戴宗教他的咒语却停不下来，急得直冒汗。戴宗赶上来，故意吃了一惊，问他为什么停不住。李逵只好说："铁牛昨晚偷吃牛肉，咒语不灵了！你快帮帮我！"戴宗笑着说："你这黑牛，看你还敢不敢偷吃荤菜！"说完叽叽咕咕一番，两人就都停了下来。

戴宗和李逵在店里吃饭，听旁边一老人说罗真人在二仙山讲道。戴宗问老人家："老人家，认识一位叫公孙胜的吗？"

老人说:"他长时间云游四海,道号一清先生,人们都叫他清道人,是罗真人的徒弟,公孙胜是他的俗名,跟罗真人在一起。"戴宗听了很高兴,向老人问明了公孙胜的住处就走了。

戴宗带李逵来到二仙山石桥头。他让李逵躲在树后,一个人走到公孙胜家门前,见出来一个白发婆婆,就上前施礼,说想见公孙胜。婆婆说:"我儿子不在家,云游四海去了,有话就跟我说,等他回来我告诉他。"戴宗没有办法只好离开。戴宗退回桥头,叫出李逵说:"公孙哥哥明明在家,他娘偏说不在。这回用得着你了,你去和他娘说叫他出来,要还不出来,你就假装打人。但千万不能伤了他老人家,我一喊你就停下来。"李逵走了出去。

李逵把板斧插在腰上,来到公孙胜门前道:"有没有人?"婆婆出来见李逵瞪着双眼,还带着板斧,心里害怕。李逵说:"我是梁山泊的黑旋风,来请公孙胜。你快叫他出来,要是不出来,我放一把鸟火,把你家烧成黑炭!"婆婆说:"你可别这样,他云游去了。"李逵抽出板斧,一斧砍倒了一堵墙,叫道:"你不叫你儿子出来,我就杀了你!"说着举起大斧,把那婆婆吓得晕倒在地上。"你这铁牛竟敢吓唬我老母亲!"公孙胜边叫边从屋里走出来。戴宗见到公孙胜,连忙走出来,又上前扶起老婆婆。公孙胜扶着老母亲进屋,戴宗和李逵也跟了进去。戴宗把宋江在高唐州被高廉妖法连续战败的事说了一遍,请他去帮忙。公孙胜说:"我母亲老了,我想在家里照顾她,罗真人也不会同意让我走的。"戴宗一再恳求,公孙胜才说:"那好,明天去见见我师父再说。"

第二天，公孙胜领着戴宗、李逵到紫虚观见罗真人。戴宗跪拜后，公孙胜说："因为高廉卖弄妖法，连败梁山泊弟兄，宋江派他们来叫弟子去助阵。我不敢答应，特来向师父请示。"

罗真人说："你既然逃出了火坑，怎么能再跳回去呢？"戴宗说："只是暂时请公孙先生去一趟，破了高廉就回仙山。"罗真人说："这不是出家人该管的事情，你们自己想办法去吧。"

公孙胜和戴宗、李逵只好下山。李逵问罗真人说了什么，戴宗反问他："你没听到？"李逵说："听不懂他那鸟话。"戴宗说："他叫公孙胜别多管闲事。"李逵叫道："我们千里迢迢来找他，却听他放出这个屁来！"

晚上，李逵躺在床上睡不着，想：公孙胜本来就是山寨里的人，还要问什么鸟师父！不如今晚去把他杀了，叫公孙胜没处可问，就只好跟我们走了。于是他爬起来，提了板斧，悄悄出了房门。李逵摸进紫虚观，见罗真人独自坐在禅床上念经，大步走过去，抡起板斧朝罗真人的脑门上劈了下去。罗真人倒在床上，流出了白血。李逵看了笑道："这老道士还是童子身，阳气一点也没走漏，竟没半点红血。"第二天吃早饭时，戴宗对公孙胜说："今天再请哥哥和我们一起去求罗真人。"李逵听了在一边偷笑。

三人来到紫虚观，见罗真人端坐在禅床上。李逵惊得舌头伸了出来，心里暗想难道昨晚杀错人了？戴宗上前拜道："请罗真人大发慈悲，准许清道人下山。"罗真人说："看在这位黑大汉的面子上，叫清道人去吧！"戴宗听了很高兴，连忙感谢罗真人。罗真人说:"我送你们去高唐州。"说完,他拿出红、青、白三条手帕铺在地上,要公孙胜、戴宗、李逵分别站在上面,然后他把袖子一拂,说了声"起",手帕就托着三人升到空中。

罗真人一抬手,公孙胜和戴宗落了下来。李逵在上面急了:"我要撒尿了,你不让我下来,我就朝你头上撒!"罗真人说:"你心地不良,昨晚砍了我一斧,今天要让你吃点苦头。"他呵斥一声"去",李逵当即被风吹走。三天后李逵才回到高唐州。戴宗问他哪里去了,他说那阵风把他吹到知府衙门,知府把他打了一顿,在牢里关了两天才放了出来。从此,他再不敢说罗真人的坏话了。

公孙胜见了宋江,第二天就起动大军来到城下。高廉的箭伤已经痊愈了,率领神兵和大小将领出城迎战。他站在大军前,厉声叫道:"你们这些梁山土匪,今天我一定要见个胜负。逃跑的不是好汉!"宋江问:"谁先出战?"小李广花荣挺枪跃马到了阵前。官军上将薛元辉出来迎战。两人在阵前斗了几个回合,花荣转身就跑,薛元辉不知道是计谋,挥起大刀追赶。花荣回身一箭把薛元辉射下马来。高廉一见,大怒,急忙拿出聚兽牌,用剑敲了三下,神兵队里黄沙卷起,天昏地暗,豺狼虎豹、怪兽毒蛇卷着黄沙冲了出来。梁山泊人马刚要逃走,只见公孙胜手握松文古定剑,指着敌军,嘴里念念有词,喝到"疾!"只见一道金光射去,那些怪兽毒蛇纷纷落地,大家细看,都是白纸剪的。宋江见公孙胜破了妖法,大喝一声:"弟兄们冲啊!"梁山军马一齐杀过去,杀得官军人仰马翻,旗鼓遍地。高廉急忙下令收兵,逃回城里。

宋江胜了一仗,收兵回营。公孙胜说:"敌军虽然死伤许多,但并没有伤到元气。高廉认为我们胜了一场一定会骄傲,放松警惕,今天晚上会来劫寨。公明哥哥先埋伏好兵马,听见雷一般的响声,看见火光冲起,就出来杀敌。"宋江听了,马上下令准备晚上一战。晚上,高廉果然带着神兵,身上背着装有硫黄焰硝的铁葫芦,手里拿着钩刀,嘴里衔着哨子,半夜来到宋江军营前。他作起妖法,立即狂风大作,飞沙走石,神兵舞动钩刀攻进营寨。公孙胜站在高坡上,也作起法术,只听一声雷鸣,火光四起。神兵知道中计,急忙撤退,但这时四面伏兵一齐出动,顷刻间神兵被杀得一个不留。高廉趁乱逃回城里,见宋江人马围住城池,就写了求援信派人送出。送信人杀出城门,有的头领要去追,吴用说:"不要追,他们是跑去搬救兵的。我们将计就计,假扮成他的救兵,杀进城去。"

过了几天,高廉在城墙上巡视,忽然看见宋江军营里正打得火热,喊声连天,以为是附近州府的救兵到了,赶忙带领了兵马,大开城门杀了出来。高廉进入阵地,一看都是梁山泊兵马,才知道上了当。他正想退回城里,却发现城上到处插着梁山泊的旗帜。他慌忙找了条僻静的小路逃走,没想到孙立早带着兵马挡在路中间,高廉连忙转身奔逃,不料朱仝又从后边堵上来。他急得嘴里念念有词,大喝一声"起",自己驾着一片黑云,缓缓升起,直上山顶。站在山坡上的公孙胜见了,念着咒语,喝道:"疾!"将剑往上一指,只见高廉从半空中一头跌了下来。高廉恰好落在雷横身边,雷横大刀一挥,把他斩成两段。

　　宋江带军进了城,下了命令,不准伤害老百姓,接着就去牢里救柴进。但是找不到柴进,吴用叫人把看守带来寻问。看守说:"三天前,知府要处决柴进,我见他是条好汉,就给柴进开了枷锁,藏到后面的枯井里,现在不知道是死是活。"宋江慌忙带着人,来到枯井边。李逵主动要下井救柴进上来。李逵把柴进放到大竹筐里,叫他们拉了上去。宋江见柴进被打得身上没一块好肉,心疼不已,急忙叫人请医生治疗。李逵在井里急得哇哇大叫,宋江这才想起,叫人放下筐吊李逵上来。

　　救出柴进后,宋江的军马离开高唐州,回到梁山泊。

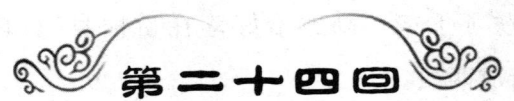

第二十四回

 徐宁大破连环马

梁山泊破了高唐州,士气大增。高俅听说后,就向朝廷推荐汝宁郡都统双鞭呼延灼为兵马总指挥,攻打梁山泊。呼延灼命令百胜将军韩滔为正先锋,天目将军彭玘为副先锋,准备出征。

几天后,各路军马齐集,呼延灼以韩滔为开路先锋;自己作为中军主将,掌管连环马;彭玘断后,随机应变。三路大军浩浩荡荡向梁山泊进发,来到梁山泊附近,安营扎寨。晁盖、宋江、吴用召集各位头领在聚义厅商量杀退敌军的计策。宋江说:"秦明打头阵,林冲为第二阵,花荣为第三阵,扈三娘为第四阵,孙立为第五阵,轮流出击。李逵和杨林埋伏随机应变,其余人马和我押后。"

第二天一大早,两军对阵。先锋韩滔大骂秦明:"天兵在此,你们这些强盗还不投降!看我不把水泊填平,梁山踏碎,活捉你们这些反贼。"秦明性子急,听了也不答话,上前就与韩滔打斗。呼延灼见韩滔不是秦明的对手,拍马上前帮他。第二拨林冲见了,抓紧长矛直奔呼延灼,两人打了五十多个回合,不分胜负。第三拨花荣和彭玘已经绞杀在一起。打第四阵的扈三娘赶来,顶下花荣。几个回合后,扈三娘拽马往回跑,暗中取下带有金钩的套索,等彭玘追来靠近,甩出套索,套住彭玘,拖下马,把他活捉了。呼延灼见彭玘被捉,命令连环战马冲杀出来。这连环战马全身披着马甲,只露出四只蹄子,人披着铁铠,只露出两只眼睛,刀枪不入,很是厉害。连环马呼啸杀来,冲散宋江的人马。宋江急忙下令退兵,呼延灼也收了兵。当晚,呼延灼和韩滔商量怎样才能拿下宋江,韩滔说:"今天连环马一出,宋江就立即逃跑。明天让全部连环马出阵,一定能够大获全胜!"呼延灼说:"明天把三千连环马分成三路排开,步兵在后跟上,一定能活捉他们!"

第二天,两军刚摆好阵势,只听一阵炮响,官军的连环马,排成三路冲杀过来。两边的用箭射,中间的用长矛刺。宋江兵马抵挡不住,只好撤退,幸好李逵和杨林埋伏在半路顶住,掩护宋江等人逃走。连环马杀死了宋江一大半的军马,活捉了五百多人,呼延灼当即向高俅报喜,又说梁山泊四面都是水,不利于攻打,请求派遣凌振用火炮攻击。凌振是东京有名的炮手,号称轰天雷。高俅立即派凌振去帮助呼延灼。凌振接到命令,带了一百多名善于用炮的士兵和大量火炮,赶到呼延灼军营里。

凌振在梁山泊水边竖起炮架,装上火炮,一连放了几十炮。炮弹落在水泊上的小寨里,炸死了不少人马。宋江见官军火炮厉害,马上和晁盖、吴用商量对策。晁盖说:"让李俊、张横、张顺、三阮六个人下水迎敌,朱仝、雷横接应。"于是李俊六人带了几十名水兵,乘船到岸边悄悄上岸,把炮架推倒。

凌振听到报告，马上带人来追。凌振追到岸边，李俊等人就跳下水去。凌振以为他们是想逃走，忙叫手下上船追赶。凌振率领士兵们乘船到了水中央，李俊等人从水里钻出来，把船捅翻，官军纷纷掉下水去，凌振也被翻下水。阮小二在水里把他抓住，把凌振绑上梁山大寨。宋江见了，故意埋怨他们说："叫你们请凌统领上山，怎么能这样对他？"说完亲自为凌振松绑。凌振见先前被捉的彭玘已成为梁山泊的头领，在宋江等人的好言劝告下，也投降了梁山泊。

第二天，各位头领在聚义厅商量如何破了连环马。金钱豹子汤隆说："我祖上是打造军械的，曾造过破连环马的钩镰枪。我小时候也跟着父亲打造过，现在还有图纸，只是不懂使用钩镰枪的枪法。要是有人懂的话，就好办了。"林冲说："我在任禁军教头时，认识金枪班教练徐宁，他会钩镰枪法。"汤隆道："对，徐宁是我表哥，他的钩镰枪法，不论马上还是步行，都有规则，神出鬼没。"林冲问："徐宁在东京，怎么才能让他上山？"汤隆想了想，说："他有件宝贝，叫雁翎锁子甲，又轻又坚，刀枪箭矢都不能穿透，他非常珍视，平时用匣子装着放在屋梁上，要是能把锁子甲弄来，就不怕他不到这里。"吴用笑了声，说："要是这样，有什么难的？高手鼓上蚤时迁在我们这，就派他去东京把锁子甲偷来。"时迁从人群里跳出来说："只要有这种东西，我就一定能拿回来！"宋江叫人按汤隆的图样打造钩镰枪，同时命令时迁、戴宗、汤隆去东京。时迁到了东京，打听到徐宁的地址，又到他家四周探明了情况，准备晚上动手。夜深了，时迁悄悄爬上屋顶，双脚钩住屋檐，一个倒挂金钩,探头向屋里看去,果然梁上捆了个红皮匣子。时迁心想:"宝甲肯定在这里面了,现在动手很容易被徐宁发现,我还是等他早上走后再动手。"于是,时迁就趴在屋顶,耐心等待着。

天刚蒙蒙亮,徐宁就起床去值班了。时迁马上从屋顶跳下来,钻进徐宁的卧室,一个轻功爬上房梁,解下皮匣。他正要下来,徐宁的老婆醒了,听见有响声,忙问丫头:"房梁上是什么在动?"时迁马上学了几声老鼠叫。那丫头听了,说:"是老鼠在打架。"徐宁的老婆转身睡回去。时迁边学老鼠打架边溜了出去。时迁背着红皮匣子跑了四十多里,戴宗在那里接他。戴宗说:"我先把锁子甲带上山去,你担着空匣子,和汤隆一起把徐宁引上山来。路上如果看见客店门上画着白粉圈,你们就进去休息。"

天亮了,徐宁的老婆还没起床,丫鬟跑来说外面的门都开着,却没发现丢了什么东西。他老婆听了,忙抬头朝屋梁看去,皮匣子不见了,不由大吃一惊,忙叫人去喊徐宁回来。徐宁见匣子丢了,连连叫苦,说:"这锁子甲是祖上四代传下来的宝物,丢了可怎么办啊?"他老婆说:"你也别太着急,这事只能慢慢查访,不能打草惊蛇。"徐宁心情不好,就在家里喝起闷酒,表弟汤隆来了,徐宁安排酒菜款待。喝酒时,徐宁依然眉头不展,汤隆假意问道:"我看哥哥不开心,难道遇到什么不痛快的事不成?"徐宁叹了口气,说:"我家祖传的锁子甲被贼偷了。"汤隆故意问道:"真的吗?哥哥那副甲,我也见过,你放在哪里?谁这么大胆敢来偷哥哥的祖传宝物!"徐宁说："装在匣子里放在屋梁上，不知道小偷什么时候偷去的。"汤隆故意想了一会，说："皮匣子……是什么样的皮匣子？"徐宁说："是红色皮匣子。"

汤隆又故意吃了一惊，说："哎呀，我昨天在离城四十里的一个酒店里，看见一个汉子挑着一个红皮匣子。我问他这匣子是做什么用的，他说原来是装甲的，现在装些衣物。我想肯定是这个人偷的。"徐宁心里着急，酒还没喝完就跟着汤隆出城去追。汤隆见一个客店门上画着白圈，就和徐宁进去向老板打听，老板说昨天是有人挑着个红皮匣子从这里经过，走路还一瘸一拐的。徐宁一听，更着急了，忙拉着汤隆往前追去。天黑的时候，又到了一家画有白圈的客店，汤隆说走不动了，徐宁只好答应住下。徐宁又向老板打听。那老板说："是有个人背着个红皮匣子，那人在这里住了一晚，下午走的，嘴里还打听去山东的路程。"第二天一大早，两人就往山东赶去，傍晚，走到一座古庙。汤隆突然惊叫道："看！那人身上不是有个红皮匣子吗？"徐宁也看见了，他几步奔到树下，一把抓住时迁，喝道："你好大胆子，竟敢偷我的宝甲！"时迁忙说："大人饶命，是我偷了你的宝甲，可现在宝甲不在我这里。"徐宁急了，逼他交出宝甲。时迁哭丧着脸说："是山东郭大官人让我偷的，现在宝甲已经叫人拿走了。你要是饶了我，我就带你去把宝甲要回来。"徐宁想了想，怕他要什么计谋，说："你最好别耍什么花招，不然我不会放过你的。"时迁故意吓得连忙说："现在被你追上我哪敢啊！"徐宁和汤隆就跟时迁上路了。时迁故意一瘸一拐慢吞吞地走，徐宁干着急也没有办法。

过了几天，路上来了一辆马车，车主一看见汤隆就跟他打招呼。汤隆对徐宁说："这是我的朋友李荣，他正要回山东，我们可以搭他的车。"徐宁一听，正合心意，就同意了。这天，来到梁山泊边朱贵的酒店里。朱贵用蒙汗药把徐宁麻翻，然后用船送上梁山泊。徐宁醒来，汤隆带他见了晁盖、宋江、吴用等人，徐宁这才知道中了圈套，对着汤隆说："兄弟，你怎么把我骗到这里？"汤隆把请他上山的原因说了。徐宁连连叫苦说："你可害死我了！"宋江在一边说："我们只是暂时占据在梁山泊，等到朝廷招安，一定会尽忠报国，并不是贪财好杀，希望你能理解，共同替天行道！"

徐宁心里有顾虑，说："我这要是留在这里，家人就会被官府抓去，那可怎么办？"宋江说："这倒没什么，很快把你一家老小接上山来。"汤隆说："他们又用你的锁子甲请嫂子去了。"徐宁这才安下心来。第二天就挑选了五百个精明强壮的士兵，昼夜练习钩镰枪法。半个月就练成了。宋江于是部署每十名钩镰枪手配一名挠钩手，钩镰枪一破连环马，挠钩手就抓人。

这天，宋江把钩镰枪手埋伏在芦苇丛中，然后派步兵先去挑战。呼延灼、韩滔立即出兵，命令连环马全力向前冲，企图一鼓作气杀尽梁山泊人马。宋江人马一接触官军就向芦苇丛林里退。呼延灼命令连环马跟踪追杀。那连环马是三十匹马为一排，每排用铁链连在一起，一旦向前冲后，有的要收也收不住，因此他们一直向芦苇丛林里冲去。忽然一阵呼哨声，埋伏在芦苇杂草中的钩镰枪手一齐举枪，先钩倒两边的马腿，中间的马因为有锁链连着，也都倒了下来。挠钩手立即把敌军捆绑捉住。一时间，只见连环马纷纷倒地，马上官军都被捉了。呼延灼和韩滔见连环马被打败了，只好自己逃命去了。刘唐紧紧地追了上来，抓住韩滔，呼延灼奋力杀出一条血路，一路逃到青州去了。

　　呼延灼跑了一天，又饿又渴，晚上住进一家酒店。他吩咐老板照料好自己的马，半夜，只听见外面吵嚷声乱作一团。他出去一看，自己的马不见了，老板说可能是桃花山强盗偷去了，呼延灼心里更是烦闷。呼延灼到了青州，拜见了慕容知府，陈述兵败的经过。知府说："将军损兵折将，现在也没有其他办法了。我管辖的地面有桃花山、二龙山、白虎山贼寇，你帮我剿灭了这三个地方的贼寇，我一定会竭力保奏将军带兵再去梁山泊报仇。"呼延灼带兵攻打桃花山，小霸王周通领兵出战。呼延灼和周通斗了六七十个回合，周通体力不支，退回山上。呼延灼怕中了计，在山下驻扎下来，等候战机，再次出兵。

　　桃花山寨主打虎将李忠知道自己打不过呼延灼，就和周通去请二龙山首领鲁智深和武松帮忙。鲁智深带兵赶到桃花山下，给李忠解了围。他舞动禅杖和呼延灼战了五十回合，不分胜负，双方只好收兵。鲁智深想改天再和他打，自己刚到这，不能太鲁莽。没想到再来时，呼延灼早跑了。原来，白虎山孔明、孔亮带人到青州抢粮食，知府怕官府的库房有什么闪失，连夜调呼延灼回城。呼延灼回到青州，正遇到孔明,就上前交起手来,没几个回合就活捉了孔明。孔亮到二龙山求助,杨志说青州城池坚固,兵强马壮,必须请梁山泊好汉来一起攻打,才能拿下青州。于是孔亮就去了梁山泊。

宋江以义气为重,亲自率领吴用、花荣等二十名头领和三千人马来到青州,与鲁智深、武松、杨志会合。鲁智深问怎么样才能攻破青州城,吴用道:"不能和呼延灼硬拼,只能智取。先把青州城团团围住。"接着说出一条妙计。第二天,天还没亮,有人向呼延灼报告:"宋江、吴用、花荣三人在北门外山坡上偷看城内。"呼延灼大喜道:"你们不要惊动他们,点一百军马和我一起去捉拿。"呼延灼带领一百军马出了北门,悄悄上了山坡。宋江三人见呼延灼追来,调转马头跑了。呼延灼眼看宋江三人就在前边,就打马快追。刚刚追到枯树边,只听一声响,他连人带马落进陷坑,被活捉了。

山寨兄弟把呼延灼捆绑进了营寨,宋江喝道:"快解开绳索!"并亲自扶他坐下。呼延灼说:"我是你的手下败将,你为什么要对我这么客气?"宋江说:"我被昏官逼迫,暂时占据梁山泊,并不想和朝廷对抗,希望将军留在山寨等待招安。"呼延灼想了想,跪在地上说:"不是我呼延灼不忠于国,实在是哥哥义气过人,容不得我不答应啊。"吴用说:"青州城里关押着我们的一个弟兄,请将军帮助,救他出来。"呼延灼道:"哥哥既然肯收留我,我一定会尽力的!"当晚,呼延灼领着秦明、花荣等人来到城下叫门,谎称被俘后买通看守,偷偷跑了回来。他们一进城就杀了知府,救出孔明,把府库里的钱粮都搬到山上。于是桃花山、二龙山、白虎山人马都去梁山泊入伙。

　　周通把宝马还给了呼延灼,鲁智深在梁山泊住了几天后,对宋江说要到少华山去探望史进等人,劝说他们来梁山泊入伙。宋江马上答应,还派武松陪他一起去。

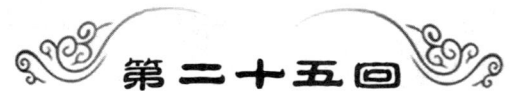

第二十五回

晁盖中箭归黄泉

破了连环马之后，梁山泊更是名声大振，四面八方的好汉都来投奔，这时，真说得上是兵强马壮，人才齐聚。梁山泊的大头领晁盖性格直率，很讲义气，深得好汉们的尊重。可他想问题比较简单，缺乏心计。为此，他付出了生命的代价。

这天，宋江等人正在聚义厅里商量事情，忽然手下来报，徐州沛县芒砀山的头目混世魔王樊瑞、八臂哪吒项充、飞天大圣李衮仗着会使魔法和飞刀、飞箭，放出话来说要吞并梁山泊大寨。头领们听了，大怒，史进自愿带领人马下山征讨他们。梁山泊大军来到芒砀山，史进和樊瑞初次交手，差点被他的飞刀刺伤。宋江带领大队人马赶来杀退樊瑞。公孙胜看了敌军的寨营，说："寨里有青灯，一定有人会使妖法。快把军马后撤，我要摆个阵法，捉拿妖人。"

公孙胜摆阵法，四面八方分为六十四队，中间大将带领，在地上掘了陷坑。到时候由公孙胜作法，逼樊瑞三人到这里，使他们前后无路可走，落进陷坑，由挠钩手捉住。公孙胜把阵摆好，就向樊瑞挑战。樊瑞对项充、李衮说："他们摆了阵法，你们要是见有风刮起就带领刀手杀进阵里去。"说完就开始作法,刹那间,狂风大作,天昏地暗。项充、李衮带着五百名刀手杀进阵去。

公孙胜在高坡看了,拔出松文古定剑,嘴里念着咒语,喝道:"疾!"那风就只在项充、李衮人马身边乱卷,顷刻间到处都是黑气,看不见自己的人马,项充、李衮不由得心慌起来,只顾逃跑,竟一下子落进陷坑,被活捉了。手下人把项充、李衮绑进营帐,宋江叫人解开绳子,亲自给两人敬酒,说早就听说芒砀山三位好汉的大名,想请三位上山一起办大事。项充、李衮听了很感动,自愿去说服樊瑞归顺梁山泊。

宋江回到梁山泊边,金毛犬段景住来拜见宋江说:"小人十分敬佩梁山好汉,想把自己的一匹宝马献给梁山,作为见面礼。这匹马身长一丈,高八尺,浑身雪白,名叫'照夜玉狮子'。可是,半路经过凌州曾头市却被曾家五虎抢去了,我跟他们说这是送给梁山好汉的马,他们不但不给,反而大骂梁山泊好汉。"宋江听了立即派戴宗去打探消息。

戴宗打探回来说,曾家有五兄弟,有一个教练叫史文恭,共有五千人马。他们教小孩子唱道:"扫荡梁山清水泊,剿除晁盖上东京。生擒及时雨,活捉智多星。曾家生五虎,天下尽闻名。"

晁盖听了大怒说:"这畜生竟敢口出狂言!我要亲自下山,不捉拿这些狂妄自大的家伙誓不回山。"宋江劝道:"哥哥是一寨之主,还是我去吧。"晁盖说:"你已经多次下山作战,很辛苦了,这次就让我去。"宋江劝不住,晁盖带领林冲等二十名头目和五千军马,杀向曾头市。

晁盖人马在曾头市附近驻扎下来。第二天,在曾头市口列成阵势。曾头市里冲出曾家五虎和两个教练,一字儿摆开。中间是史文恭,骑着抢来的马"照夜玉狮子",手里拿着战刀,一副威风凛凛的样子。曾家长子曾涂出阵,后边跟着几辆空囚车,他指着梁山泊人马骂道:"反国贼见到囚车了吗?我要一个一个活捉你们,装进囚车押到东京。"晁盖大怒,抓紧枪拍马直奔曾涂。将士们怕晁盖有闪失,一齐杀过去。林冲、呼延灼保护晁盖。曾头市人马边战边退,直退到树林里。林冲怕中敌人埋伏,劝晁盖收了兵。以后一连三天挑战,曾头市都不出兵。第四天,有两个和尚来到晁盖营里说:"我们是曾头市法华寺的和尚,曾家五虎欺人太甚,在曾头市称王称霸,我们自愿带领梁山泊人马去攻打曾头市。"晁盖听了很高兴,立即说:"那就今天晚上行动。"林冲认为里面有鬼,但就是劝不住晁盖。

晚上,和尚领着晁盖人马进了曾头市。忽然金鼓齐鸣,喊声震地。晁盖连忙问,那和尚早已经不知去向。他这才知道中了计,慌忙率领大家撤退,没想到迎面一阵乱箭射过来,晁盖脸上中箭,将士们拼死保护他杀出曾头市,回到寨里。晁盖中的是毒箭,无法医治。大家看那箭时,发现上面刻着史文恭的名字,知道是他射过来的,大家都恨得咬牙切齿,发誓要替晁天王报仇。临终时他对宋江道:"好兄弟要保重,谁抓住那个射毒箭的人,就让他做寨主。"说完眼一闭,再也没醒过来,宋江等人抱头痛哭。晁盖的尸体停放在聚义厅里,设了灵堂,灵牌上写着:"梁山泊天王晁公神主",山寨头领自宋江以下都披麻戴孝，每天请僧人作功德，超度灵魂。宋江悲痛万分，根本没有心思管理山寨事务。

这天，林冲请宋江在聚义厅坐下，吴用说："国不可一日无君，家不可一日无主。晁天王归天了，请哥哥做山寨之主，我们愿意听哥哥的调遣。"宋江推让说："还是遵照哥哥遗言，抓住史文恭的人就立为山寨之主。"吴用说："晁天王虽然说过这话，但现在又没有捉到那个人。山寨不能一日无主，哥哥就暂时带领我们，抓到史文恭，我们再做决定也不迟。"李逵说："哥哥别说做梁山泊寨主，就是做了大宋皇帝又有什么不可以？"宋江呵斥他说："你这铁牛，胡说什么！"

宋江向晁盖灵柩烧香拜后，坐上第一把交椅，两边是吴用和公孙胜。宋江说："我今天坐在这个位置上，希望兄弟们能够继续相互扶持，同心协力替天行道。现在把聚义厅改为忠义堂，并在山上挂上一面'替天行道'的大旗。"

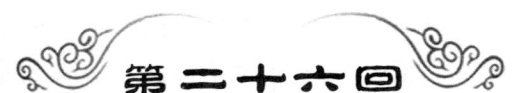

第二十六回

吴用智算玉麒麟

宋江在与从大名府请来做道场的和尚闲谈中了解到,人称河北玉麒麟的卢俊义有一身好武功,棍棒天下无敌,认为梁山泊如果得到这个人的帮助,就不用再害怕官军来剿灭了。可是,卢俊义家财万贯,他愿意来梁山当强盗吗?吴用对宋江说:"哥哥不要着急,我略施小计,不怕他不上山。"

吴用说:"我要亲自去趟大名府,还要找一个胆大心细的和我一起去。"李逵听了,忙叫道:"军师,我要和你一起去!"吴用说:"我是去办事,又不是去玩,你这铁牛冒冒失失,弄不好坏了我的大事。"李逵说:"那我一切听你的安排,保证绝不闯祸!"吴用说:"那好,你要答应我三件事:第一,不许喝酒;第二,打扮成道童;第三,要装成个哑巴。"李逵说:"前面两个还好办,装成哑巴,那不是要憋死我吗?"吴用说:"那我找别人去了。"李逵慌忙说:"得了,我就在嘴里含个铜钱就是了。"

吴用带着李逵到了北京。吴用扮成算命先生,李逵扮成哑童,拿着招牌。吴用手里摇着个铃铛,边走边念道:"'知生知死,知贵知贱!'想要问前程,先付银一两。"小孩子看到李逵黑乎乎的,头上又扎了两个小羊角辫,怪好玩的,都闹哄哄地跟在后面。吵吵闹闹地到了卢俊义门口，卢俊义问外面这么吵是怎么回事，仆人笑着说："街上来了个算命的，算一卦要一两白银，真是好笑！后头跟着的道童，那双眼睛像贼一样地看人。"卢俊义说："既然要价这么高，必定是有一定的本事，请他进来给我看看。"吴用被请到屋里，卢俊义问吴用："先生尊姓大名，家住哪里？"吴用说："我叫张用，因为能算出人的生死贵贱，所以每算一卦就要白银一两。"卢俊义笑了笑，叫人拿了一两银子给吴用，说："请先生给我算一卦。"吴用假装问了卢俊义的生辰八字，然后装模作样地掐算了一会儿，大叫一声道："真怪！"卢俊义忙问："是吉是凶？"吴用说："我要是说实话，员外您一定会责怪我的！"卢俊义忙说："先生给我指点，只管说实话，我不会怪罪你的。"

吴用说："员外今年要交厄运，百日之内一定会有杀身之祸。"卢俊义大笑说："我卢俊义生在大名府，长在富贵人家，安分守己，做事谨慎，家人也规规矩矩，怎么会有杀身之祸呢？先生你真会开玩笑。"吴用一听，连忙起身把一两银子往桌上一放，故意叹气道："原来这世上的人都想听好话。算了算了，我先告辞了。"说完，假装转身就要走。卢俊义连忙拉住他说："还请先生指教。"吴用这才回过身来坐下，说："员外一向交好运，只是最近才有点不顺利，百日之内，恐怕会有血光之灾啊！"卢俊义忙问道："有什么办法可以避免？"吴用又念念叨叨地掐指算了一算，说道："只有向东南方千里之外躲避，就可以避免这个大灾！"

卢俊义说："若是避免这一灾，一定会重重地报答你。"吴

智多星卖卦

用又说:"还有四句避灾的卦歌,请员外务必写在墙壁上常看:芦花滩上有扁舟,俊杰黄昏独自游,义到尽头原是命,反躬逃难必无忧。"卢俊义边听边写在白粉墙壁上,写完,吴用起身告辞。到了门外,吴用对李逵说:"事情办妥了,我们马上回山寨,安排人欢迎卢员外上山就可以了。"李逵听了不信说:"就凭你那几句话,他就会上梁山,谁相信?"吴用说:"那是当然。我让他往东南方走一千里,正好经过咱们梁山水泊。只要到了那里,就不怕他不上山寨。你就等着看好戏吧。"

第二天,卢员外喊了主管李固和心腹浪子燕青来,说要到东南方的天齐仁圣帝金殿烧香,以便消灾灭祸。要李固装十辆车的货物,顺便做些买卖;留燕青在家照应一切。卢俊义走了十多天,这天来到一家客店。店家说前边是梁山泊,客人路过时一定要小心。卢俊义不服,写了"慷慨北京卢俊义,远驮货物离乡地。一心只要捉强人,那时方表男儿志。"的布旗,插在车上。卢俊义走到一片树林,忽然听到一阵声响呼啸过后,出来几百个汉子。李逵抓紧板斧叫道:"卢员外认得我吗?"卢俊义认出是那算命先生的哑童,这才知道上当受骗了,呵斥道:"我正要捉拿你这个小贼。"说完抢刀来斗李逵。李逵转身就跑。卢俊义紧追不舍,没想到林子里闪出鲁智深和武松等人,轮流和他打斗,把他一步一步引离车辆货物。等到卢俊义回身寻找车辆,见那些汉子押着李固和车辆已经走远了。

卢俊义这时已经怒气冲天,抓着刀追上去。忽然山顶上鼓板吹箫，一面黄色大旗随风招展，上面写着"替天行道"四个大字。宋江、吴用和公孙胜齐声拜道："员外最近还好吗？"卢俊义骂道："你们这些土匪，为什么要骗我？"吴用说："员外不要生气，宋头领一直很敬重你，特地命令吴用设计迎接员外上山，一同替天行道，请不要见怪。"

卢俊义见吴用正是那算命先生，就大声地叫骂起来。小李广花荣拿出弓箭，喝道："卢员外，不要觉得自己有什么了不起的，请看花荣神箭！"话刚说完，一箭射中卢俊义毡帽上的红缨。卢俊义吃了一惊，转身就跑。这时鼓声震地，林冲、秦明、呼延灼、徐宁从四面杀来，吓得卢俊义只管往僻静小路上跑。傍晚时分，他跑到了湖水边上的鸭嘴滩头。

正无路可走时，芦苇中摇出一只小船。卢俊义忙说："我迷了路，找不到客店，请帮我一把。"扮成渔夫的李俊说："旱路还要走几十里才能找到客店，水路只有五里就到了。你给我十贯钱，我就送你去。"卢俊义满口答应上了小船，刚上船，三阮摇着小船从芦苇丛中钻出来，围住李俊的船。

卢俊义大吃一惊，忙叫李俊靠岸。李俊哈哈大笑道："我生在浔阳江边，现在在梁山泊，绰号混江龙李俊。你要是不投降就没命！"卢俊义挥着刀向李俊砍去，李俊翻身跳进水里。这时船下钻出浪里白条张顺，把船一扳，船底朝天，卢俊义掉进水里。李俊、张顺把他抱到岸上，又为他换了衣服，用轿子把他抬上山去了。

宋江率领各位头领到山门迎接。卢俊义感觉到宋江等人确实很讲忠义，但是肚子里的气还没消，还不愿意马上入伙,就打发李固先回去,自己留下来住几天。吴用送李固下山时告诉他卢俊义离北京时决定来山寨坐第二把交椅,家里墙上的诗横着读就可以证明这一点。

卢俊义本来想在山上住几天就下山回家,但梁山泊众头领每天轮流请他喝酒,他不好推脱,不知不觉竟然住了两个多月才下山。在北京郊外,他遇见穿得破破烂烂的燕青,不由大吃一惊问道:"你现在怎么变成这个样子?"燕青说:"您到梁山泊后,夫人和管家就去官府报告,说您勾结强盗,要造反。现在他们两人成了夫妻,还把我赶了出来,我劝您还是回梁山泊吧。如果回家肯定会被抓起来的。"

卢俊义听了,说道:"你胡说什么,我老婆才不是那样的人!我要回家看看情况。"燕青劝不住,就自己出城去了。卢俊义回到家,那个管家大吃一惊,然后假装很高兴地说:"员外您终于回来啦!"他老婆也出来,装模作样地说:"辛苦你了!这么久没回家,我这心啊整天吊着。"卢俊义看这情况也就说道:"我也很挂念家里。"他忽然想起了什么,问他老婆说:"刚才在城郊碰到燕青,到底是怎么回事?"他老婆忙说:"燕青偷了家里的东西,还想占我的便宜,我一生气,就把他赶出去了。"卢俊义听了,大怒,道:"这个狼心狗肺的东西,难怪他拉着我不让我回家!"他老婆又说:"你一定饿了,我去准备饭菜。"说完忙走出去了。李固赶紧跑到官府去报告。卢俊义刚要吃饭,忽然听见前门后门一片喊声,接着两三百人冲进屋里,把卢俊义绑了,边拖边打到了官府。

梁中书亲自审问,要卢俊义招认已投奔梁山泊,想里应外合打进北京。卢俊义不招，大喊冤枉，说："我只是被梁山泊强盗关了两个多月，我并没有加入他们啊！"知府梁中书说："你还想抵赖！有你老婆和管家作证！"那个管家忙出来说："卢俊义上梁山前，在墙上写了四句反诗，每句的第一个字加起来就是'卢俊义反'。他早就想造反了！"梁中书马上叫人到他家确认，那首诗还在墙上。梁中书下令用大刑，卢俊义熬不住打，只好屈招。官府判定卢俊义勾结梁山贼寇，企图造反，判处死刑，押在牢里，听候斩。

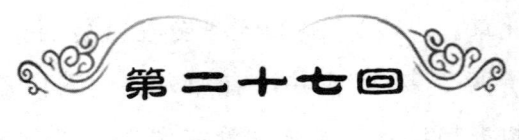

第二十七回

 智取大名府

　　李固给牢狱节级蔡福送了五百两金子,要他在牢里结果了卢俊义。梁山泊好汉听说后,派柴进带了很多金银到北京打通关节,救出卢俊义。蔡福接受了柴进一千两黄金的贿赂,保全了卢俊义的性命。

　　经过柴进用金子上下打点,梁中书以卢俊义虽有原告,但并没有干出造反的事,判了四十大板,脸上刺字,发配边疆,当即派从东京贬来的董超、薛霸将卢俊义押送到沙门岛去。

　　李固又贿赂董超、薛霸,要他们在路上害死卢俊义,割下他脸上金印作为证据。这天走到一片松树林里,董超、薛霸把卢俊义绑在树上,拿起棍子对准卢俊义,说:"卢员外,你不要怪我们两个人,是你的管家要我们在路上结果了你,早也是死,晚也是死,还不如趁早死了干净,你可别怪我们啊!"卢俊义听了,大喊一声:"上天不公,让我死在奸人手里。"说完低头等死。不想这时从头顶射来两箭,董超、薛霸应声倒地,一命呜呼了。树上的人"忽"地一下从树上跳下来,走到卢俊义面前,拔出尖刀,割了绳子,劈开木枷,抱住卢俊义就放声痛哭。卢俊义这才看清原来是燕青。燕青抹着眼泪说："你回家后，我就一直跟着，官府抓了你，我干着急没办法，只好等待时机，这两个小人要害主人，我先让他们见阎王去。"

卢俊义看着那两具尸体，叹息道："官府不会放过我们的，现在要到哪里去？"燕青说："当初宋江骗你上山，惹来杀身之祸，现在只能投奔他们去了。"说完背着卢俊义就往梁山泊走去。

官府发现董、薛二人尸体，下令各地捉拿卢俊义。这天，卢俊义和燕青的盘缠用光，燕青去打野物给卢俊义吃。卢俊义留在店里，由于身上有伤，行动不便，被公差发现后绑去官府。燕青决定赶紧去梁山泊请宋江来救卢俊义。途中，正好碰上宋江派来打探消息的石秀和杨雄。石秀听说卢俊义又被抓走，就要杨雄和燕青回梁山泊报信，他上北京去探听卢俊义的消息。

石秀刚到了北京，听说午时三刻要将卢俊义斩首，就赶紧来到法场旁的酒楼上。正当剑子手举起刀要砍下去的时候，他大叫一声："梁山泊好汉全体在此！"纵身跳下楼去，杀开一条血路，扶着卢俊义就往外跑去。官军四下合围，卢俊义和石秀走投无路，被官军的挠钩手钩住，捉去押在大牢里。梁中书嘱咐蔡福一定要"好好地照顾他们"，但蔡福自从上次收了柴进的一千两黄金后，知道梁山好汉果真讲义气，有意结识梁山泊好汉，不但不为难他俩，反而每天给他们好酒好肉。

梁中书听说梁山泊发兵要来攻打北京，就派兵马都监闻达、天王李成和急先锋索超带兵抵挡。闻达镇守北京，索超和李成各带兵分别在离城三十里和二十里的地方驻扎，以防梁山泊的进攻。宋江和吴用带领梁山泊一半人马到北京营救卢俊义和石秀，以李逵为先锋，宋江、吴用为主将，秦明为前军头领，林冲为后军头领，一路浩浩荡荡来到北京附近。

宋江和官军交战，大败索超和李成。官军主将闻达出城迎战，被宋江大军四面围攻，兵败退回城里。梁中书没有办法，李成说除了加强城墙防守外，还要派人去东京请求援助。大将王定带着梁中书的亲信杀出重围，直奔东京。蔡京召集手下官员商量对策，决定调蒲东巡检大刀关胜给北京解围。蔡太师立即调关胜前往北京。关胜是三国关羽的后代，熟练兵法，也有一把青龙偃月刀。他向蔡太师提出要解除北京的围困，必须带精兵围剿梁山泊。蔡太师立即命令关胜去打梁山泊。

大刀关胜带领一万五千人马杀向梁山泊。留守山寨的张横、张顺和阮家三兄弟轻敌，败下阵来。关胜捉了张横和阮小七。宋江听了立即率领士兵们回到梁山泊。宋江和关胜在梁山泊边对阵。关胜大喝道："你们为何背叛朝廷？"宋江道："现在奸臣残害百姓，宋江不过替天行道，并不想与朝廷对抗。"关胜："说得这么好听，你们聚集这么多兵马，不是想造反，那是为什么？少废话，若不赶快投降，叫你粉身碎骨！"

林冲、秦明听了大怒，冲向关胜，关胜也拍马舞刀过来迎战。宋江爱惜关胜，怕伤了他，急忙下令收兵，以便制造机会智取。当晚,宋江和吴用定下了一个智擒关胜的计策。呼延灼依计来见关胜说:"我曾经带兵来剿灭宋江,误中宋江的奸计被抓,可我是身在曹营心在汉,没有一天不想逃离贼窝。老实说,宋江也有归顺之心,只是其他贼寇不肯。他要我来请将军明晚从小路进入,端了他们的老窝,攻下梁山后,宋江就会投降朝廷。"关胜想,呼延灼曾是朝廷大将,应该不会使什么鬼把戏,就相信了他的话。

第二天晚上,关胜带领兵马,由呼延灼带路直接进入挂着红灯的宋江主寨。忽然听见一声炮响,梁山泊各位头领杀了出来,呼延灼已经不知去向,关胜这才知道中计了,赶紧逃命。他跑到山口,被挠钩拖下马活捉了。梁山泊捉了关胜等将领,押进忠义堂。宋江亲自为他们松绑,说道:"宋江只是个亡命徒,冒犯将军们,请恕罪!"呼延灼也说:"我执行军令,不得不去骗你们过来,请将军不要怪罪。"

关胜叹了口气说:"我们这些人无脸回京,只希望你们早点杀了我们!"宋江道:"为什么这么说,将军为什么不和我们一起替天行道?"关胜闭眼,只求一死。宋江在旁边好言劝慰,关胜感到宋江义气深重,睁开眼睛,说道:"人称宋公忠义,果然不假。我们愿意效劳。"于是归顺梁山。

当晚,头领们在一起商定,怎么攻下大名府。吴用说:"元宵节快到了,按照惯例,大名府要大挂灯火。我们抓住这个机会攻打,肯定能成功。"宋江听了,马上让吴用安排人马下山。吴用又说:"现在要找一个人到城里放火。大家看见火光,一齐行动。谁愿意去放火?"鼓上蚤时迁跳出来说:"我愿意去!"吴用说:"你去最好不过了。"他叫时迁先偷偷溜进大名府,等到元宵节晚上,就放火烧城里最热闹的翠云楼,作为大军进攻的信号。接着,吴用又派了鲁智深、武松等二十多个好汉,分成十路,乔装打扮,混进城里,准备里应外合。吴用又命令林冲、徐宁等四位头领,各带一支军马埋伏在城外;李逵、雷横等四位头领,各带一支军马也埋伏在城外,等翠云楼火光一起,立刻猛攻大名府的四大城门。好汉们得到命令后,立刻分头行动。

元宵夜,人们纷纷涌上街头观灯赏月。时迁挎着个篮子,装作卖剪纸的走在街上。那篮子里放的都是硫黄引火的材料,上边铺了一层剪纸。在街上他碰到了好多熟悉的面孔,孙立装成一个要饭的,还有几个兄弟装模作样地在卖灯,解珍、解宝兄弟挑着野味在叫卖。时迁看在眼里,忍不住想笑,他悄悄走到孙立身边说:"哥哥,你脸太白了,不像个要饭的。"孙立故意一本正经地说:"快去做你自己的事,别露出马脚来。"时迁来到翠云楼,他随着人群拥进楼里。时迁在楼上东看看,西瞧瞧。见没人注意,一闪,翻身上了楼顶,放起了大火。人群骚动了起来,有人叫道:"不好了!梁山泊大军已经杀到城门下了!"顿时,翠云楼上一片混乱,人们都只顾逃命。埋伏在城外的梁山好汉,见翠云楼起了大火,都纷纷行动起来。一个个如刚出笼的老虎,抢着刀枪攻进城来。

梁中书正在府里观灯赏月,忽然听到有人报告:"梁山人马杀进来了!"梁中书吓得呆了,大半天才缓过神来。赶紧跳上马,领着将领李成和一些官兵,只顾逃命去。没跑多远,就见两个大汉迎面杀来。梁中书连忙调转马头,往东门跑去。还没到东门,就从路边又跳出两个大汉,大叫:"梁山好汉在这里,看你往哪里逃?"提着刀就向梁中书砍来,李成忙上前拦着他们。这时,刚才的两个大汉也杀了过来。梁中书吓得屁滚尿流,使劲打着马,往南门逃去。刚跑了一会,碰上了从南门败退回来的官兵。他们说,有个大胖和尚,抢着禅杖,另一个汉子挥着大刀从南门杀进来了。梁中书一惊,只好往西门跑去,在衙门口看见官兵被打倒躺了一地,有的连脑浆都被打出来了。梁中书见了,继续往西门跑去。只听见西门城隍庙里火炮齐响,震天动地。再看大名府里,一片火光,已分不出东西南北。城里到处都是哭声、喊叫声、厮杀声。梁中书不知道梁山泊来了多少人马,只能东奔西跑,到处躲藏。他奔到南城门上,见城下密密麻麻站满兵马,到处飘扬着梁山人马的旗帜。火光中,呼延灼威风凛凛,杀到城门下。

梁中书出不了城,又奔向北门,见林冲正指挥着军队攻城。他又忙奔回南门,打算冒险突围,却见李逵光着膀子,手提着大板斧杀了过来。李成拼死抵挡,杀出一条血路,保护着梁中书冲出城来。刚想喘一口气,又见关胜领着一队人马从左面冲杀过来,挥着大刀,直奔梁中书,李成死死抵挡,梁中书趁机狂奔,终于冲出重围,保住了性命。

柴进打进监牢救出卢俊义和石秀;燕青回家杀了李固夫妻;由于城里梁山泊好汉的配合,吴用很快攻进城里。吴用、卢俊义等回到梁山泊,宋江请卢俊义为山寨寨主,卢俊义不肯。宋江再三请求卢俊义做寨主,李逵嚷道:"哥哥要是让别人做了寨主，我就要杀人了！"武松也大为不满，说："哥哥只管让来让去，真让我们大家心寒。"

李逵说："我看哥哥只管做皇帝，叫卢员外做宰相，我们都当大官，杀去东京夺了鸟位，比在这里胡扯好多了。"吴用趁机说道："先叫卢员外休息，等几天再论座位的事也不迟。"大家都点头同意。

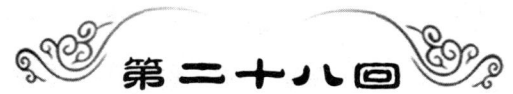

　　晁盖因为攻打曾头市中了史文恭的毒箭，不治身亡。梁山好汉一心想替晁盖报仇，以告慰他在天之灵。谁知还没动手，金毛犬段景住来报告说，他和杨林、石秀奉命在北地买的二百多匹好马，走到青州地面，被曾家五虎和史文恭抢去。宋江大怒，决定起兵为晁盖报仇，夺回马匹。

　　曾头市长官曾弄和教练史文恭听说宋江发来大兵，就兵分五路，安营扎寨，死死地把守，并在村口和村北挖了许多陷阱，专门等宋江的人马到来。宋江事先派时迁、戴宗先去打探，得知曾家军队共扎了五个营寨，分别由五个儿子把守，史文恭和曾太公坐镇中间的总寨。史文恭还叫人在寨前挖了很多陷阱，想诱使梁山人马误入陷阱，活捉他们。于是宋江也分派五路人马到曾头市驻扎，各自进攻那五个营寨。又派卢俊义、燕青埋伏在后边的小路上，以便拦截逃出来的敌人。

　　吴用命令步兵在一百辆车上装进芦苇干柴藏在军营里。第二天，吴用命令东、西两路猛攻东、西两寨，北路只许擂鼓摇旗虚张声势，但不许进军。据守前寨村口的史文恭见东西两寨吃紧，就命令自己寨里的一部分士兵援助东西两寨，依仗他南寨前有陷阱，以为紧紧守住就可以万无一失。吴用见史文恭只顾看前边，没有提防后边，就命令步兵从背后偷偷进入敌营，把装着芦苇干柴的车子点燃，冲入敌阵。史文恭急忙撤军，吴用于是顺利攻下前寨，曾家五虎见宋江大举进攻，都出来迎战，那长子首先出战，没斗两个回合，就很快被花荣一箭射中左臂，大家一齐涌上去，把他杀了。

曾太公见自己的大儿子死了，不由得放声大哭，那最小的儿子恨得咬牙切齿，大叫道："我一定要为哥哥报仇。"说完他和史文恭一起冲出阵来。秦明见了，出来迎战，但他不是史文恭对手，几个回合下来，就明显处于下风，其他好汉忙上前顶他。那小儿子和史文恭见宋江人多势众，不敢恋战，慌忙收兵。

宋江等人回到寨里，吴用说："今天他们输了一场，晚上可能会来偷袭。"宋江马上叫来各位头领，安排妥当。晚上，史文恭果然来偷袭宋江的营寨。他们冲进去一看，竟是一座空营！史文恭大喊中计，赶忙喊撤退。这时，只听一阵锣鼓声，梁山大队人马冲杀进来，箭像雨点一样射过来。史文恭奋力拼杀，终于冲出了重围，但曾家其余四虎，又有一个死于乱刀之下。

曾太公一天当中连失两个儿子，悲痛不已。他怕不但打不过梁山好汉，还弄得家破人亡，就叫史文恭写信向宋江求和。史文恭自己心里也怕了，立即动笔写信。宋江收到信，见信上只写着"我们愿意送回马匹"，一句道歉的话也没有，宋江气得撕了信，说："我晁盖哥哥的仇，一定要报！"吴用看了，对宋江悄悄说了几句话，宋江听了大喜，连忙写了回信，说同意讲和，除了送回所抢的马匹，还要交出抢马的凶手。史文恭见到信，立即和曹太公商量，又写信说要是交出抢马的人，梁山泊也得派人来做人质。

宋江就派了时迁、李逵等五位好汉去了曾头市。史文恭见宋江派了五个人过来，觉得里面一定有鬼，就对曹太公说："宋江派了五个人作人质，这里面一定有什么阴谋，我们得小心点才好。"李逵听了，揪住史文恭就是一顿暴打，曾太公慌忙劝住李逵，史文恭已经被打得鼻孔流血。时迁乘机说："李逵虽然野蛮了点，但可是宋头领的心腹兄弟，你们有什么好怀疑的。"曾太公只想求和保住儿子的性命，就相信了时迁的话，把时迁他们五个人送到法华寺，好酒好肉地款待他们，却在寺外安排了五百人日夜看守。曾太公把抢来的马匹和抢马人都交给了宋江。宋江说："还有那匹'照夜玉狮子'为什么不一起送回来？"就派人送信到曾头市，要讨回宝马。史文恭看完马上写了回信说："其他马可以归还，这匹马不能，除非宋头领答应撤兵。"

吴用看完信对宋江说："我有办法夺回宝马，还可以大败曾头市，活捉史文恭。"他对夺马的人说："你去帮我们做一件事，事成以后，我们之间的账就一笔勾销，你还可以做山寨的一个头领。怎么样？"那人听了连连点头。吴用说："你假装从我们这逃走，去对史文恭说'宋江只想要回宝马，不想和曾头市打这一战，他们寨里根本没有很好的防备，我们今晚去偷袭，一定可以活捉宋江'。"史文恭听了那夺马人的话，大喜,急忙准备好晚上去活捉宋江,史文恭又叫那个夺马人去看守法华寺的五个人质。那人趁机告诉时迁宋江的计划。

当天晚上,史文恭带领着大队人马悄悄潜入宋江的寨营中,一看,又是一座空寨!史文恭这才知道又中计了,立马撤兵,忽然听到法华寺的钟声响了。顷刻间,杀声震天,梁山人马从四面八方冲杀过来,曾家其余三虎死于乱刀下。曾太公见没了五个儿子,绝望自杀。史文恭拼死冲出重围,骑着宝马就往小路逃去。史文恭惊魂未定,卢俊义和燕青早就在丛林里等候多时。卢俊义大声喝道:"史文恭,哪里跑!"冲上去就和史文恭厮打起来,两人打了四五十个回合,不分胜负。卢俊义故意调转马头就跑,史文恭心里着急,直追过来。没想到,卢俊义回马一枪,史文恭大腿被刺了一刀,跌下马来。士兵们上前把他捆绑,押上山寨。梁山弟兄挖出史文恭的心脏,祭奠晁盖在天之灵。

宋江打下曾头市,大军胜利归来。他想履行晁盖遗言,让位给卢俊义。吴用劝道:"公明哥哥坐第一把交椅,卢俊义为次,人人都心服口服。哥哥要是一再推让,会让兄弟们寒心的。"说完对其他兄弟使了使眼色。李逵叫道:"哥哥只管让来让去,扯什么鸟蛋?你再让,我要杀人啦,大家散伙!"武松也说:"哥哥手下有很多头领,原来都是朝廷的大将,他们都服哥哥,你为什么非要让给别人?"鲁智深说:"要是哥哥让给别人,我就索性离开这里。"宋江知道不能勉强,就说:"大家不必再说了,以天意而定。现在梁山泊人多粮少,附近有东昌府和东平府,我和卢员外各去打一个,先攻破城的为寨主,怎么样?"吴用说:"也好,听天由命!"裴宣写了两个阄儿。宋江和卢俊义各抓一个,宋江抓着东平府,卢俊义抓着东昌府。当下就调拨人马,随宋江的有林冲、花荣等二十五位头领;随卢俊义的有吴用、公孙胜等二十五位头领,各带一万人马。

结果,宋江胜利而归,还收了东平都监双枪将董平,卢俊义未能先打进东昌府,无缘梁山寨主。宋江又让人带人马去支援他,才攻下东昌府。宋江认为这是天意,也就不再谦让,继续做寨主,卢俊义居第二位。

梁山好汉打下东昌府后,回到山寨。宋江一点大小头目共有一百零八人,心里很是高兴,对大伙说:"我们兄弟一百零八人能聚在一起,很不容易,在历史上也是绝无仅有的。从今往后我们要同生共死,除暴安良,一同替天行道。"这天,各位好汉一齐跪下,对天盟誓,愿意同生共死,永不分离。

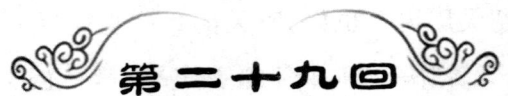

第二十九回

黑旋风扯诏

　　重阳节这天,宋江下令大摆宴席,和各位头领一起赏菊花,宋江当时喝得醉醺醺的,填了首词。当念到"望天王降诏,早招安,心方足"时,李逵大叫:"招安,招安,招什么鸟安!兄弟们一起大块吃肉大碗喝酒,有什么不好!"一脚把桌子踢翻,大家不欢而散。

　　过了新年,宋江带领柴进、戴宗去东京观赏元宵灯火,顺便探探东京的形势。他派史进、鲁智深、武松等人先去京师照应。李逵也喊着要跟去,宋江只得让燕青陪他,出发前再三叮嘱他:"你这铁牛只许在客店里守东西,不许上街闯祸!"到了东京,宋江在城外找了家客店住下,叫柴进和燕青先进城探听消息。柴进二人在东华门内廷对面酒楼坐下,只见进出内廷的人,帽子上都戴着一朵翠叶花,不知道是什么原因。柴进叫燕青下去打探。

　　过了一会,燕青领着王观察进来。柴进热情地敬酒,问头上的花是什么意思。王观察说:"皇上庆贺元宵,赏给内外值班人员每人一套衣服、一朵翠叶金花,作为进出内廷的凭证。"

柴进对燕青使了个眼色叫他温酒来，燕青知道是叫他下蒙汗药，没过一会就端来一瓶热酒，柴进更加殷勤起来，对王观察说："您在内廷做事，辛苦了，今天的酒您一定得多喝，来，来，干！"王观察仰头喝了好几杯，柴进趁机把酒倒在墙角。不多时，王观察就晕了过去。柴进把王观察锦衣鞋袜换上，戴上插有翠叶金花的帽子，出了酒楼。柴进走进内廷，因为有锦衣花帽，没有人挡他的路。他走到睿思殿，这是大宋皇帝徽宗看书的地方，见殿里没有人就悄悄溜了进去。殿里设备高雅，桌上有文房四宝，架上是各种书籍，墙上有字画。御座后面的屏风上画着千里江山图。屏风后面的墙上却刻着这几行金字：四大贼寇，山东宋江、淮西王庆、河北田虎、江南方腊。柴进知道徽宗刻在这里是要自己天天看，牢牢记住。柴进取出腰刀把"山东宋江"四个字割了下来。

柴进离开内廷回到酒楼，把衣帽鞋袜给还在昏睡的王观察换上，然后返回客店，对宋江说了自己了解到的情况，拿出"山东宋江"四个金字给他看。宋江长叹一声，眼含泪花。晚上，宋江和柴进、戴宗、燕青四个人进城，在一家茶楼喝茶。宋江指着对面挂着"歌舞神仙女，风流花月魁"的牌子，问那是什么地方，老板告诉他那是东京第一名妓李师师的家。宋江知道徽宗对李师师一片痴心，就叫燕青设法见李师师一面。燕青走进妓院，把金子送给老鸨，说自己的老爷要见李师师，只要能和李姑娘喝喝茶就心满意足了。老鸨见了金子，脸上堆满了笑容，立即叫人把宋江等人带到李师师的住处。

宋江和柴进、戴宗随燕青到李师师家，见她果然是个大美女，名不虚传。李师师上前行礼道："谢谢官人光顾。"宋江说："我是山东客商，孤陋寡闻，能与你这么漂亮的女子一起喝茶，真是一件痛快事！"李师师请宋江等坐下，问柴进说："这位是谁？"宋江说："是我表弟叶巡检。"刚喝了一杯茶，丫鬟来报："官人已经到后面了。"李师师忙起身说："我不敢留你们了，改天有时间再请大家来喝茶。"

元宵节晚上，宋江领着柴进、戴宗、李逵、燕青又来到李师师家。宋江、柴进、燕青三人跟进去，让戴宗、李逵留在外面把风。燕青拿出一百两黄金送给老鸨，说要见李师师。老鸨见了黄金，笑得合不拢嘴，满口答应。宋江等人被领到后边一个小隔间里坐下，丫鬟端出水果、酒菜。李师师举起杯子说："能够和大家一起喝酒，也算是有缘。大家就干了这一杯。"宋江客气一番后就开怀畅饮，忽然听外边传来吵闹声。丫鬟慌忙跑进来，说外边一个黑大汉在骂人。宋江知道一定是李逵，叫燕青去喊他进来。李逵见宋江和美女喝酒，憋着一肚子的火，瞪着大眼睛，直直地盯着他们。李师师说："这人长得好像土地庙里的小鬼。"大家听了，大笑起来。宋江让他喝几杯酒就又叫他出去了。喝了一会，宋江正想开口请她帮忙向皇上禀明自己愿意接受招安，为朝廷效忠的心迹，丫鬟又跑进来，说："官人已经来到后门。"李师师只好再次匆匆送客。

李逵在外面门房里等得一肚子气正没处发，杨太尉从外面进来，一见李逵就喝道："这黑家伙是谁？竟敢站在这里？"

李逵也不回答,顺手拿起椅子朝他头上劈去,又拿起蜡烛点燃墙上的字画、窗帘,刹那间烈火烧了起来。宋江三人出来,见李逵正在闹事,连忙把他拽到街上。李逵随手抢了条棒子,逮着东西就打。宋江见他牛脾气又上来,怕城门关了,就和柴进、戴宗赶紧先出城,让燕青留下照顾李逵。这时响起一片喊声,原来有人发现宋江出现在李师师家里,报告给了官府,高太尉听到后,亲自带军马赶来捉拿宋江。燕青、李逵和史进拿着枪棒,在鲁智深、武松的接应下,打出城去。在城外和宋江会合时,却没看见李逵,就留燕青等李逵,宋江和大家先回山寨去了。高太尉没抓到人,气得咬牙切齿。

原来李逵趁乱回客店去拿板斧和包裹去了,燕青找到他,两人走小路回梁山。这天走到刘庄休息,晚上他们听见有人哭泣。第二天一早李逵就问庄主刘老汉:"大半夜的,谁在啼哭,弄得爷爷我睡不着?"刘老汉说:"梁山泊的宋江和一个白面后生抢了我十八岁的女儿,要她做山寨夫人。我就这么一个女儿,老伴急得犯了病,我一个老头子没有办法,忍不住痛哭。"李逵听了大怒,说:"我哥哥口是心非,不是什么好鸟!"燕青说:"你不要鲁莽,大哥不会做这样的事。"李逵说:"他在东京到妓女家里去,这种事他怎么会做不出来?"又对刘老汉说:"我到梁山泊去给你要回女儿!"

李逵回到梁山泊直奔忠义堂,宋江见了喝道:"你们俩怎么现在才回来?"李逵也不答话,拿出板斧砍倒"替天行道"的大旗,大家看了,大吃一惊。宋江呵斥道:"你这黑家伙,到底要干什么?"李逵提着双斧跑上堂来直奔到宋江面前,兄弟们赶忙拦住他,夺下板斧。宋江大怒,喝道:"你这小子又要闹事,我到底做错什么了,你这样恨我?"燕青把刘老汉女儿被抢的事向宋江说了一遍。宋江说:"我和兄弟们一起回来,要是抢了女人,他们怎么不知道?"李逵骂道:"你说什么鸟话?他们都护着你。你杀了阎婆惜,去东京见李师师,还不会去抢人?你快还了刘老汉的女儿我就饶了你,不然我就杀了你!"宋江说:"你不要吵了,我们现在就到刘老汉家里去对质,如果认出是我抢了他女儿,我让你砍头。如果不是我,你自己说怎么办?"李逵说:"我这颗黑头就是你的了!"他们来到刘庄,李逵对刘老汉说:"我把宋江叫来了,你看是不是他抢的?"刘老汉和家人仔细地看了看宋江、柴进,都说不是。宋江对发愣的李逵说:"回山再跟你这小子算账。"李逵当时就泄了气,哭丧着脸说:"刘老汉,这回可是要了我这颗黑头了。"他垂头丧气地问燕青怎么办,燕青叫他负荆请罪。他问燕青负荆请罪是什么意思,燕青笑着对他作了解释。

回到山寨李逵就光着膀子,背着一捆荆棘,跪在忠义堂前。宋江笑道:"你这黑小子,还知道负荆请罪,你以为这样我就会饶了你?"李逵说:"铁牛错了,哥哥打我一顿吧!"宋江说:"想要我饶了你可以,不过你必须抓到假宋江,找回刘老汉的女儿。"李逵满口答应,和燕青下了山。经过几天的查访,终于在牛头山找到贼窝,杀了这个假宋江,送回刘老汉的女儿,刘老汉千恩万谢。

朝廷见梁山势力越来越大,又听说宋江早就有受招安的意思,宋徽宗特地派太尉陈宗善作为使臣,去梁山泊招安。

陈太尉走之前，蔡京和高俅派心腹张干办、李虞侯陪陈宗善一同去梁山，说是要协助陈太尉办成招安的大事，实际上是想让张干办从中阻挠，绝不能让宋江等强盗顺顺利利成为朝廷命官。宋江听说朝廷来招安，很高兴，就对大家说："我们受了招安，成为国家臣子，也不枉费我们历经磨难。"吴用却摇摇头，说："现在招安，他们只会把我们当成草寇，不会正眼看我们。只有杀他个人仰马翻，做梦也害怕我们的时候，那时受招安我们才能有说话的份。"

陈太尉等人来到梁山泊岸边，随从担着皇帝赐予的酒，背着诏书站在旁边。萧让、裴宣在路旁跪接。张干办问："皇上的诏书下来，宋江为什么不亲自来迎接？"萧让说："朝廷并没事先通知我们，所以宋头领没有过来。宋江等人都在金沙滩等候。"陈太尉登上船，诏书御酒摆在船头。阮小七招呼水手开船，水手们边摇橹边唱歌。李虞侯骂道："太尉在这里，你们这帮人怎么可以这么吵吵闹闹？"水手们不理他，李虞侯举起手里的藤条就要抽打，水手们一声呼喊都跳下水去。

阮小七拔掉船底的楔子，叫了一声"船漏了！"水就漫了上来。这时又来了两只船，把陈太尉等人接过去，先回寨里。御酒、诏书仍然留在原来的船上。阮小七又塞上楔子，上了船，叫人舀干水。阮小七酒瘾上来，叫道："拿瓶御酒来，我先尝尝。"水手拿了一瓶给他，阮小七一饮而尽，说一瓶不过瘾，再来一瓶。他一气喝了四瓶，还有六瓶分给水手喝了，然后把他们自己酿造的酒装进御酒瓶里。

宋江用鼓乐把陈太尉等人迎接到忠义堂。陈太尉宣读诏书说："诏书一到，就立即将钱粮、军器、马匹、船只上交给朝廷，拆毁巢穴，带领众人立即赶赴京城，或许可以网开一面，免了你们的罪行。如果违抗，天兵一到，梁山水泊寸草不留。"读完诏书，梁山好汉非常愤怒。李逵跳起来，撕碎诏书，揪住陈太尉挥拳就要打，被宋江拦住。李虞侯喝道："这小子竟然这么野蛮！"李逵又抓住他，劈头就打，被大家拉开，推下堂去。

宋江说："太尉放心，不会出什么差错的。"随即叫人把十瓶御酒倒在大缸里。大家一尝是淡薄的家常酒，都吃了一惊，陈太尉也不懂为什么会是这样。鲁智深骂道："他娘的，真是欺负人，用这样的酒来骗我们！"宋江见武松、刘唐等人都要发作，连忙拦住他们，赶紧护送陈太尉等人下山。路上，宋江一再解释说："不是宋江不肯归顺朝廷，实在是写诏书的官员不知道梁山泊对朝廷的一片忠心。如果能好言劝告，我们一定会尽忠报国，死而无怨。"

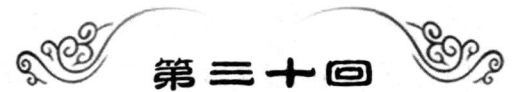

　　宋徽宗听说梁山泊拒绝招安，非常生气，命令童贯为大元帅，发兵剿灭梁山泊草寇。童贯率领十万人马，浩浩荡荡杀向济州，几天后到了梁山水泊边上。

　　这天，童贯的大军摆成四门斗底阵。童贯走上将台，准备大战。梁山泊八路人马排成八方四门，摆成六十四卦的阵势。正中间，宋江坐在照夜玉狮子马上，这叫九宫八卦阵。童贯看了宋江的阵势，不禁心惊胆战，才知自己小瞧了梁山贼寇。这时宋江军营里敲响战鼓。童贯问："谁先去打头阵？"郑州都监陈翥说："我愿意先去会会他们！"陈翥提刀飞奔过来。宋江这边秦明飞马迎战。陈翥大叫道："梁山泊土匪，天兵在这里还不投降？"秦明舞起狼牙棍就和陈翥打起来，打了二十多个回合，秦明故意转身逃跑，陈翥赶过来，秦明回身一棍，把他打死了。童贯见了，带领大军冲了过来。李逵叫道："现在不抓童贯，还等什么时候！"抡起大板斧杀了过去。这一仗杀得童贯人马七零八落，大败而归。

　　童贯战败，心里很是忧虑，召集所有将领商议对策。酆美、毕胜两位大将说："我们刚到这里，不熟悉情况，所以战败。我们不如先休整一下队伍，三天后把军马摆成长蛇阵。贼寇攻打前面则后面的部队过来接应，攻打后面则前面的部队过来，攻打中间则前后的部队一起上，一定能取得胜利。"童贯说："好，就这么办。"三天后酆美、毕胜带领大军杀向梁山泊，但一路都没看见人影，一直到了水泊边，只见水波荡漾，到处是芦苇烟雾。童贯正不知往哪边走时，忽然从芦苇丛里飞出雷炮，顿时烟火四溅。童贯叫道："我们中埋伏了。"

　　吴用派兵缠住童贯前后的军马，朱仝、雷横带领人马向官军中间杀了过来。童贯连忙叫酆美、毕胜迎战。朱仝对酆美、雷横打毕胜，斗了二十多个回合不分胜负。朱仝、雷横故意回身带领兵马往山后跑。童贯以为他们被打败逃跑，下令追杀他们。刚追到山脚，突然阵阵炮火飞了过来，童贯知道又中计了，忙叫军马停住。

　　这时山顶上闪出黄色大旗，上面绣着"替天行道"四个大字。宋江等人站在山顶，对着童贯大笑。童贯大怒，叫人冲上山去。吴用却命人打起鼓乐，大家笑得更欢了。童贯更加恼怒，喝道："你们这些贼寇竟敢戏弄我！看我不杀了你们！"酆美说："这是他们的诡计，元帅千万别上当。我们先撤回军营里，摸清了情况再进军。"童贯道："不行，现在决不退军，一定要出了这口恶气！"这时探子来报："我们后面的军队被冲杀成两半，快支撑不住了。"童贯大惊，带着酆美、毕胜调转头支援后军。这时，突然战鼓响起，秦明、关胜带领一队人马杀了过来。他们大喝："童贯，留下你的狗头！"童贯大怒，命令酆美、毕胜迎战。这时又有人来报，后军吃紧，急需前面军队的支援,童贯连忙下令收兵。但朱仝、雷横从另一边杀了回来,两面夹击,童贯大败。童贯带着军队慌忙撤退,一路上又被节节堵杀,童贯的大将马万里、王义战死。童贯带领少数人马逃回东京。

吴用设下十面埋伏的计策,大获全胜,活捉鄷美。宋江亲自为鄷美松绑,说:"我们都是被贪官污吏逼迫才上了梁山,并不想造反,请将军回去后,一定要对朝廷解释。"宋江又留鄷美在山上住了两天,就放他下山。送走鄷美,宋江回到忠义堂,和吴用等人商量,都认为童贯大军溃败,他回到东京奏明皇上,可能还会发来大兵。于是宋江派戴宗和刘唐到东京打探消息。童贯逃回东京,向蔡京、高俅哭诉,请求在徽宗面前遮盖。第二天上朝,蔡太师禀报:"征讨梁山泊大军,因为天气炎热,军马水土不服,生病不能作战,因此暂时停战,先回到营地,听候圣旨。"

徽宗说:"天气这么热,怕是不能再去了吧。"蔡京奏道:"可以另派一人挂帅,增加水师,再去作战。"徽宗问:"梁山贼寇是我的心腹大患,必须除掉,谁能为我分忧?"高俅奏道:"我愿意带兵出征。"徽宗说:"既然你肯出征,随便你挑选军马。"高俅下令十个节度使各自带领一万兵马到济州会合。这十位节度使曾经征讨过鬼方、西夏和辽金,非常厉害。另外还下令金陵水军统制官刘梦龙率领一万五千水军到济州,又从御林军中选了一万五千人马,总共调集了十三万军马。

高俅和各路军马到了济州,立即召集各位大将商量计策。河北河南节度使王焕献计说:"太尉先叫步兵出阵,引贼寇出战,然后派水军去抢夺贼寇的老窝,他们两边不能兼顾,就可以一举歼灭他们。"高俅认为这个计策不错。宋江、吴用早已根据戴宗、刘唐在东京探听到的消息,做好了迎敌准备。这天,高俅以王焕、徐京为先锋,命令心腹党世雄督促水军。官军行至梁山泊时,宋江兵马早已在山下等候多时了。

官军先锋王焕出马挑战,林冲出阵。两人打了七八十个回合,不分胜负,各自回阵。高俅的节度使荆忠又出战,呼延灼挥鞭出来迎战。斗了二十多个回合,呼延灼一鞭将荆忠打死。

高俅急忙派项元镇出马,这次董平接住。两人打了几个回合,项元镇调转马头就跑,董平立马追去,被项元镇回身一箭射中右臂,董平马上退回营里。这时,高俅指挥大军杀了过来。刘梦龙和党世雄领着水军向梁山泊山寨进发。忽然听见一声炮响,芦苇里冲出无数只小船,小船上的水兵个个勇猛杀了过去,远的用箭射,近的用刀枪砍。有水兵从水里钻出来往官船上爬,官船水兵抵挡不住,纷纷跳下船逃命,刘梦龙也跳水逃走。党世雄还在船上死撑,阮家三兄弟分别乘着小船逼近他。三人爬上官船抓他,党世雄见势不好,慌忙跳船,被埋伏在水里的张横捉住,押上岸来。

高俅望着逃回的水军士兵,恨得直咬牙,命令收兵回济州。高俅这一战虽然陆兵损失不多,但水兵死伤大半。刘梦龙侥幸逃了回来,他率领的战船却一只也没回来。过了几天,宋江统领大军到济州城外挑战。高俅认为自己的步兵实力远远超过宋江,就在城外和宋江人马对阵,呼延灼第一个上阵挑战。高俅派节度使韩存保出阵迎战,两人打了八十多个回合,张清在阵里飞出一颗石头,打中韩存保。高俅的大将梅展和张开想去救韩存保,被张清接连用石头打退。呼延灼活捉韩存保回到阵营。宋江释放了党世雄和韩存保,并一再说明梁山泊并没有叛国之心,只求招安。韩存保问他上次陈太尉来招安为什么要拒绝,宋江说:"大人您是不知道内情啊,上次诏书写得不明不白,又以普通家酿的酒冒充御酒,张干办和李虞侯态度实在恶劣,弟兄们不服,我也没办法啊!"

韩存保和党世雄回到了济州,高俅大怒,想斩了他们两人。所有节度使苦苦求情。高俅革去他们的官职,送回东京等候发落。高俅派牛邦喜征调民船一千五百多只,训练水兵半个多月,以便再攻梁山泊。吴用又出一计,准备再败高俅水军。高俅命令牛邦喜、刘梦龙和党世英共同指挥水军。高俅的水军、陆军,一齐杀向梁山泊。船只一靠近金沙滩头,刘梦龙就命令先锋登岸。官兵六七百人刚一登岸,只听一声炮响,柳树林里冲出呼延灼和秦明的兵马,奋力砍杀登岸官兵。刘梦龙见登不了岸,急忙召回登岸官兵。牛邦喜忙下令撤退。

这时山上响起连珠炮,公孙胜作起法来,顷刻间乌云滚滚,狂风大作。刘唐指挥小船从各港湾里出来,点燃船上引火的芦苇柴草,借着风势冲向官船。霎时间大火腾起,熊熊火光映红了半边天,官船都燃烧起来。刘梦龙见船被烧着,就钻进水里,李俊拦腰把他抱住,拖上小船。牛邦喜刚要下水,被张横用挠钩钩住,活捉了。李俊、张横怕宋江再放走刘梦龙和牛邦喜，就把他俩杀了。党世英摇着小船拼命逃走，被芦苇丛里飞出来的乱箭射死。

高俅见水军全军覆没，急忙逃回城里，被索超拦住，节度使王焕连忙挺身出来保护高俅。这时林冲、杨志、朱全都领着兵马杀过来。高俅兵败正在发愁，徽宗命令他看情形招安的诏书到了。是招安还是继续征讨？高俅犹疑不决。高俅的心腹王谨看了诏书出了一计，说："诏书上写着'除宋江、卢俊义等人所犯罪恶，给予赦免'，在开读时分为两句，将'除宋江'为一句，以下另读一句，就是改成只杀宋江赦免其他所有人。宋江一死，剩下的就容易制服了。"高俅一听很高兴，定下计策先除掉宋江，再把其余头领骗进城里全部杀光，于是派人到梁山泊召他们来济州城听招安诏书。宋江听了立即召集兄弟们在忠义堂商量，卢俊义怀疑是高俅的奸计，吴用则要大家只管去，说他自有安排。高俅传令各路军马在城里埋伏起来。宋江等人来到济州城下听天使宣读诏书。当读到"除宋江，卢俊义等人所犯罪恶，给予赦免"时，花荣大叫："不赦免宋江，我们也不受招安！"说完拿起弓箭，一箭射过去，正中天使。城下大家一齐喊道："狗官！"乱箭射向城上，高俅急忙躲开。这时突然涌出大队官兵，宋江军营里一阵鼓响，大家上马就跑，同时东西两边杀出李逵和扈三娘的兵马。官兵怕中埋伏，急忙退回城里。

蔡京得到高俅送来的密书，奏知徽宗，说宋江射死天使，不愿招安。徽宗很不高兴，命令再调军马协助高俅征讨。这次选调东京八十万禁军教头丘岳和副教头周昂率领两千人

活捉高太尉

马向济州进发。高俅在济州，连忙招募工匠打造船只。有个叫叶春的献图建造海鳅船，这种大船可以容几百人，上面还设有阁楼，用二十四部水车带动前进。高俅立即命令叶春监督造船。宋江听说后，就派人混进工匠里刺探消息。

三百只海鳅船造成后，高俅征调一万名水手，演习了二十多天。他见海鳅船速度极快，认为梁山泊的小船无法拦截，这一战一定会胜利，就放心地带着一帮歌女住在船上指挥。高俅打算水陆并进，一举攻破梁山泊。他命令项元镇、张开带领一万人马到梁山泊山前大路上厮杀；周昂、王焕带领大军随时策应；丘岳、徐京、叶春等人都随自己上船。宋江、吴用已经知道高俅水陆并进的策略，早已布置妥当。高俅命令先锋丘岳、徐京、梅展三个人率领五十只小海鳅船在前面开路，陆上军马同时出动，一时间，水陆大军杀向梁山泊。

李俊、张横、张顺、阮家三兄弟驾着小船向丘岳的海鳅船靠近。丘岳下令放箭，梁山泊一声炮响，芦苇丛林千百只小船像离弦的箭一样冲向官船。海鳅船上箭如雨下，而梁山泊的小船都有木板遮挡，依然勇往直前。顷刻间小船围住了官船，用挠钩钩住舵，用板刀砍杀驾船的兵士。官军先锋船想向后退，但被后边的大海鳅船堵住。正进退两难的时候，忽然官军中间大船上有人高喊："船漏了!"这时所有的官船都漏了水，一齐下沉。原来是李俊、张横、张顺、三阮等人潜入水底，把船底都给凿穿了。官兵纷纷跳下船逃命。高俅吓得爬上舵楼，张顺爬上船，说："太尉，我来救你。"他一把揪住高俅,大喝一声:"下去!"把高俅扔进水里。高俅在水里拼命挣扎。这时,又来了两只小船把高俅绑了上去。高俅水军全部被歼灭。陆上的卢俊义、林冲等人杀散官军,项元镇和周昂逃走。梁山泊大获全胜,把高俅、徐京、梅展和歌女们押到忠义堂上。宋江扶高俅坐下,大摆宴席。宋江一再向高俅表示愿意招安,并说希望太尉奏明皇上。高俅说只要放他回去,他一定上奏皇上,前来招安,绝不食言。

高俅在梁山泊住了三天,宋江亲自送他下山,又派萧让、乐和随高俅面见皇上,表明梁山泊的忠心,以便降旨招安。高俅则留下闻参谋作为人质。

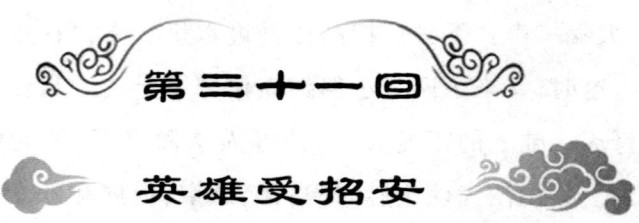

第三十一回
英雄受招安

　　高俅走后,吴用对宋江说:"高俅是地痞无赖出身,根本就是个小人,他的话不能信。"于是派燕青、戴宗带了许多金银珠宝去东京找李师师打通关节,请求招安,又听说闻参谋和宿太尉宿元景是老同学,就让闻参谋写信给宿太尉,请宿元景上奏皇上,梁山兄弟愿意受招安。

　　燕青到了东京,又送给老鸨一百两黄金,见了李师师,说:"上次来的山东客人就是梁山泊的宋江,我这次是专程来请你帮忙的。请上报徽宗降旨招安。"李师师一听,说道:"我一直都很仰慕梁山好汉,有机会我一定把话带到。"两人于是聊了起来,燕青还当场用李师师的箫吹了支曲子。李师师见燕青不但长得英俊潇洒,还懂得许多乐器,于是认他做了弟弟。

　　晚上,徽宗来到李师师家。李师师把燕青引荐给徽宗,说是她的表弟。徽宗问:"你靠什么谋生?"燕青流着泪说:"自己本是个生意人,有一次押着货路过梁山泊,被梁山泊盗贼劫上山,一扣就是三年,现在才逃了出来。"徽宗说:"你在梁山泊住了三年,应该对那里的情况很了解,你跟我说说。"燕青擦干眼泪,说:"我刚被劫上去时,以为他们都是杀人不眨眼的流氓,就等着能死得痛快些。谁知,过了很久他们都没有动手。还劝我留在那里,做个头领。我不答应,他们也没勉强。宋江主张替天行道,不敢侵占州府,只想受招安替国家出力,这个我不敢欺骗皇上。"徽宗问:"我两次降诏招安,他们为什么抗旨不投降?"燕青详细说了两次招安不成功的原因,还说了童贯被打得大败而归,高俅被抓上山,答应上奏招安才被放回东京。徽宗这才知道真相,很是气愤,说:"高俅、童贯所说南方炎热,士兵水土不服,生病不能作战,全都是谎话!这帮人,好大的胆子!"

燕青回到客店,把见到徽宗的情况告诉戴宗。他们两人带着书信和珠宝去见宿太尉,到了太尉府,燕青要戴宗在外面等,自己一个人进府。宿太尉看了信,大吃一惊。燕青说:"宋江只想请太尉到梁山泊招安,太尉要是能向徽宗奏明,梁山泊数万兄弟都会感谢太尉的大恩。"宿太尉收了珠宝,答应看情形上奏徽宗。

第二天早朝上,徽宗痛斥高俅、童贯,欺上瞒下。还亲自书写诏书,叫人取来三十六块金牌,七十二块银牌,三十六匹红锦,七十二匹绿锦,一百零八瓶御酒,和一面招安的御旗,命令宿元景去梁山泊招安。济州太守把招安的消息告诉了宋江。宋江大喜,叫人从梁山泊到济州沿路挂起彩灯,准备好鼓乐,迎接宿太尉。宿元景带领队伍向梁山泊进发,一路上受到热烈的欢迎。宋江、卢俊义等大小头目早已跪在路旁迎接。宋江把宿太尉请上忠义堂,又带其他兄弟跪在堂前,听萧让读诏书。读完,宋江等高呼万岁,一再谢恩。宿太尉分发了金、银牌和锦缎，然后打开御酒，宋江等人又跪接御酒。

过了几天，宋江带领梁山兄弟和军马，打着"顺天""护国"的旗帜，来到东京城外。徽宗命令他们选五百人马从宣德殿前走过，一睹梁山泊军马的风采，然后设宴款待各位头领。徽宗想加宋江等人的官爵，童贯因为上次大败，怀恨在心，上奏说："宋江等人刚受招安，等他们立功后再加官也不迟。现在宋江数万兵马驻扎在城外，很不妥当。他们要是贼性不改，突然造反，后果不堪设想。应该将他们分散到各地才好。"梁山泊弟兄听说后很不满，都说绝不分开，否则就回梁山泊去。徽宗听说梁山泊弟兄想回山寨，大吃一惊，急忙召集枢密院官员商量对策。童贯说："梁山泊贼寇虽然投降，可贼心难改。倒不如传旨把他们骗到城里，将一百零八人一一杀死，以绝国家后患。"徽宗听了，犹豫不决。

又过了些时候，江南方腊造反，占了八州二十五县，徽宗大怒。方腊原本只是樵夫，因为官府征收花石纲激起民怨，方腊趁机造反，自称皇帝，在清溪县建起宫殿，称霸一方。宋江听说方腊造反，就请来宿太尉，说："请太尉上奏皇上，我愿意领兵征讨方腊，尽忠报国。"徽宗一听，当然高兴。立马封宋江为平南兵马都总管，征缴方腊正先锋；卢俊义则为副总管、副先锋。宋江兵分五路，水陆并进，浩浩荡荡地向扬州进军。

这次征讨，打得极为惨烈。宋江虽然活捉方腊，但损失惨重，原来一百零八将只剩三十六人。宋江伤心不已，回到东京。